D0612536

Amos Daragon,
le masque de l'éther

Dans la série Amos Daragon

Amos Daragon, porteur de masques, roman, 2003.

Amos Daragon, la clé de Braha, roman, 2003.

Amos Daragon, le crépuscule des dieux, roman, 2003.

Amos Daragon, la malédiction de Freyja, roman, 2003.

Amos Daragon, la tour d'El-Bab, roman, 2003.

Amos Daragon, la colère d'Enki, roman, 2004.

Amos Daragon, voyage aux Enfers, roman, 2004.

Amos Daragon, Al-Qatrum, hors série, 2004.

Amos Daragon, la cité de Pégase, roman, 2005.

Amos Daragon, la toison d'or, roman, 2005.

Amos Daragon, la grande croisade, roman, 2005.

Amos Daragon, porteur de masques, manga, 2005.

BRYAN PERRO

Amos Daragon,
le masque de l'éther

LES INTOUCHABLES

Les Éditions des Intouchables bénéficient du soutien financier de la SODEC, du Programme de crédits d'impôt du gouvernement du Québec et sont inscrites au Programme de subvention globale du Conseil des Arts du Canada.

Nous reconnaissons l'aide financière du gouvernement du Canada par l'entremise du Programme d'aide au développement de l'industrie de l'édition (PADIÉ) pour nos activités d'édition.

LES ÉDITIONS DES INTOUCHABLES
2316, avenue du Mont-Royal Est
Montréal, Québec
H2H 1K8
Téléphone : (514) 526-0770
Télécopieur : (514) 529-7780
www.lesintouchables.com

DISTRIBUTION : PROLOGUE
1650, boulevard Lionel-Bertrand
Boisbriand, Québec
J7H 1N7
Téléphone : (450) 434-0306
Télécopieur : (450) 434-2627

Impression : Transcontinental
Infographie et maquette de la couverture : Benoît Desroches
Infographie : Mélanie Deschênes
Illustration de la couverture : Jacques Lamontagne
Logo : François Vaillancourt

Dépôt légal : 2006
Bibliothèque et Archives nationales du Québec
Bibliothèque nationale du Canada

ISBN 2-89549-210-7

Prologue

Les grands sages qui peuplent le monde d'Amos Daragon connaissent bien la complexité de la race humaine et savent donc que les hommes ne sont pas unidimensionnels. En effet, ils se composent de trois énergies distinctes qui représentent trois niveaux de conscience.

Le premier niveau est le corps physique. Il est lié au monde matériel dans lequel les humains se déplacent, construisent des habitations, gravissent des montagnes, chassent, pêchent et s'amusent à jouer au cerf-volant. Il s'agit également du monde des sens où il est possible d'admirer un coucher de soleil, de humer le délectable parfum d'une tarte aux pommes chaude, de caresser le pelage de son animal préféré, d'entendre le chant des oiseaux et de savourer avec ravissement le goût sucré du miel.

Le second niveau échappe aux cinq sens; il s'agit de l'énergie mentale. Les sages parlent de l'univers des idées et des émotions, qui constitue une énergie beaucoup plus fine que celle du niveau matériel. C'est par elle que se manifestent les pensées et les sentiments que nous ressentons tous les jours. Nos joies et nos peines, aussi bien que nos espoirs et nos déceptions, viennent directement de ce second niveau. C'est grâce à lui que les humains peuvent aimer ou détester.

Finalement, il y a le troisième niveau qui, toujours selon les enseignements des maîtres, est une source infinie d'énergie. C'est ce qu'on appelle le monde spirituel, un endroit qui se situe à l'intérieur de chaque être humain, en dehors du temps et de l'espace, et dont la force est inépuisable. C'est là que se cache l'étincelle de vie qui relie toutes les créatures à la Dame blanche. C'est précisément à cet endroit que se trouve l'élément indispensable à la cohésion du monde : l'éther.

Les grands sages qui peuplent le monde d'Amos Daragon n'ont pas toujours raison et les enseignements qu'ils dispensent sont parfois douteux et contradictoires. Cependant, ils s'entendent pour dire que les voyages les plus dangereux ne sont pas ceux qu'on fait dans le monde matériel ou émotionnel, mais plutôt dans l'univers spirituel.

Les pèlerinages qui mènent vers soi sont toujours les plus périlleux…

1

Les pierres

Lolya rageait dans son laboratoire. Elle travaillait depuis plusieurs semaines sur les formules alchimiques qu'elle avait trouvées dans les livres du grand mage de l'île des harpies. Tous ses calculs semblaient bons, ses ingrédients avaient été minutieusement dosés, ses incantations clairement prononcées et, pourtant, chacune de ses tentatives s'était soldée par un échec.

– SALOPERIE ! hurla-t-elle en jetant par terre le résultat de sa dernière expérience. JE N'Y ARRIVERAI JAMAIS ! En tout cas, pas de sitôt !

Depuis la bataille de Berrion, qui avait scellé définitivement la défaite de Barthélémy et de ses troupes, Amos et ses amis étaient retournés à Upsgran pour y refaire leurs forces. En tant que vainqueur, Junos était maintenant le roi du royaume des quinze, mais cette nouvelle fonction, parce que acquise par les armes, ne lui plaisait pas beaucoup. Le seigneur de Berrion désirait avant tout instaurer un système démocratique au sein de son empire afin d'organiser des élections générales dans tous les royaumes. Pour lui, il était important que le peuple choisisse ses chefs et s'implique activement dans la vie politique. Il y avait aussi beaucoup de travail à faire pour redonner confiance aux familles des chevaliers qui s'étaient fait duper par Barthélémy, mais cela ne lui faisait pas peur. Avec Frilla à ses côtés, il avait la force nécessaire pour franchir tous les obstacles.

Afin de les remercier de leur aide, Junos concéda aux hommes du Nord de nombreuses terres agricoles pour qu'ils s'y installent avec leur famille. Il dépêcha également plusieurs messagers vers les contrées de Wassali de la Terre verte, d'Harald aux Dents bleues et d'Ourm le Serpent rouge, afin de leur remettre des plis de remerciement et plusieurs traités de paix. Bientôt, les humains du continent allaient s'unir non pas pour combattre comme l'avait désiré Barthélémy, mais pour vivre dans l'harmonie.

Inspiré par les recommandations d'Amos, Junos eut même le courage de proposer au démon Yaune-le-Purificateur, nouvel occupant de l'abbaye de Portbo, de joindre le royaume des quinze et de faire officiellement de l'île d'Izanbred un territoire réservé aux damnés pénitents. Yaune et ses compagnons jouiraient ainsi d'une paix relativement stable et bénéficieraient en outre d'un siège à l'assemblée du grand conseil. Le démon, surpris et touché par cette proposition, accepta d'emblée et un traité territorial de constitution d'un royaume fut rapidement signé. Les chevaliers damnés repartirent la tête haute et le cœur un peu plus allégé de leurs souffrances.

Les icariens eurent aussi leur part du gâteau, car Junos les gratifia d'une grande montagne près de Berrion et d'un accès illimité aux différents royaumes de la contrée afin d'y établir des postes commerciaux. Les hommoiseaux pourraient à leur guise y construire une nouvelle ville et faire connaître aux humains leur fascinante culture. Médousa appuya avec joie cette décision et offrit d'aller remettre cette proposition en mains propres aux nouveaux dirigeants de la cité de Pégase. À condition, bien sûr, que Maelström veuille l'y conduire, ce que le dragon accepta sans hésiter.

Encore une fois, le porteur de masques avait réussi, en créant les conditions favorables aux rapprochements, à rétablir un peu plus l'équilibre du monde, sa mission première.

Flag Martan Mac Heklagroen, qui devait fournir une machine volante à Amos, était arrivé deux jours après la fin des hostilités. Le lurican, dépité, s'était excusé mille fois en expliquant qu'il avait eu de sérieuses difficultés à diriger sa nouvelle flagolfière à cause des vents contraires au-dessus de la mer. Il avait été vite pardonné, car le dirigeable tombait à point pour voler vers Upsgran. Ainsi, après de longues salutations, Amos et ses amis avaient réussi à monter dans la nacelle et à s'envoler vers le village de Béorf.

Lorsqu'ils étaient arrivés à la vieille forteresse des béorites, tout le village avait mis la main à la pâte pour construire à Lolya une serre, mi-laboratoire mi-atelier, afin qu'elle puisse y travailler en toute quiétude. Au milieu de ses fioles de différents pollens et de ses pots d'étranges ingrédients, elle s'acharnait maintenant à créer les deux pierres de puissance dont Amos avait besoin pour compléter son masque de terre.

«Je dois absolument réussir, se dit-elle pour la centième fois au moins en prenant de grandes respirations pour se calmer. Il me faut tout revoir à partir du début… Si seulement j'avais plus de temps!»

– Tu disposes de tout le temps que tu veux, lança la dague de Baal accrochée à sa ceinture. Je te sens faiblir et je n'aime pas ça… Je te rappelle que nos vies sont intimement liées et que je ressens ton épuisement, mais, surtout, ton découragement.

– Tais-toi, Aylol, soupira la nécromancienne. C'est toi qui me fatigues avec tes incessantes mises en garde! Endors-toi et laisse-moi réfléchir en paix…

– Je déteste quand tu t'entêtes ainsi, grommela la dague. C'est encore pour *lui* que tu travailles autant?

– Oui, c'est pour *lui* que je le fais! se fâcha Lolya qui savait très bien à qui la dague faisait allusion. Et puis, cesse d'être méprisante envers Amos en l'appelant *lui*, tu connais son nom aussi bien que moi! Je l'aime et je veux lui offrir ces deux pierres de puissance pour son quinzième anniversaire. Mais… serais-tu jalouse?

– Je l'appellerai bien comme j'en ai envie! trancha la dague. Et je ne suis pas jalouse du tout! Je te rappelle que c'est avec moi qu'il a traversé les Enfers et que, sans mon aide, il y serait toujours!

– Menteuse! s'écria la nécromancienne. Amos m'a raconté en détail son voyage aux Enfers et ce n'est pas grâce à toi qu'il en est revenu…

– C'est lui qui ment! Mais à quoi bon discuter avec toi?… Lorsqu'il s'agit de *lui*, tu perds toute forme de jugement!

— Ferme-la, veux-tu?!

— Bien. Mais, d'abord, retire-moi de ce fourreau, j'ai envie de prendre l'air… Et pose-moi près de toi, je vais t'aider.

Lolya dégaina la dague de Baal et la planta brutalement dans la table, juste à côté de ses grimoires.

— Holà! du calme! s'exclama l'objet. Ce n'est pas ma faute si tu ne réussis pas à les créer, ces pierres!

— Je ne veux plus entendre un seul mot, grogna Lolya. J'ai besoin de concentration.

— Il te faudra plus que ça pour réussir…

— Et comment sais-tu, toi, ce qu'il me faudrait pour créer ces pierres?

— Il te faudrait la bonne prononciation…

— La bonne prononciation?!

— Il y a un mot que tu prononces mal lorsque tu récites tes formules, soupira la dague comme s'il s'agissait d'une évidence. Tes dosages d'ingrédients sont parfaits et tes mélanges respectent toutes les règles de l'alchimie avancée. Seulement, depuis le début, tu articules mal un seul mot…

— Attends! Une seconde, Aylol! ragea la nécromancienne. Es-tu en train de me dire que tu connais, depuis toutes ces semaines, le problème qui empêche la fabrication des pierres de puissance?

– Eh oui!…

– ET TU NE M'AS RIEN DIT!!!

– Tu ne m'as rien demandé non plus!

Lolya se laissa choir sur sa chaise en poussant un soupir d'incrédulité. Elle pensa aux nuits d'insomnie qu'elle avait dû endurer et aux maux de tête que lui avaient causés ses échecs à répétition. Elle eut envie de hurler de rage, mais elle se contenta de serrer les poings.

– Alors, dit-elle en réfrénant sa colère et sa frustration, dis-moi où est l'erreur…

– Eh bien, il s'agit de l'articulation de la lettre *h*, lui confia la dague. Ces formules datent de l'époque prémahite, juste avant la construction de la grande pyramide des contrées de Mahikui. À cette époque, les dialectes des sorciers et des enchanteurs avaient la particularité d'être très gutturaux et, ainsi, les *h* étaient extrêmement aspirés. Or, le même mot peut avoir plusieurs sens selon l'intonation qu'on lui donne et ta prononciation non aspirée du verbe « *hakhard* » lui confère le sens de « promener les enfants » au lieu de « forcer les esprits »… Ta formule n'a alors plus de sens et, par conséquent, tu rates l'unification de la puissance élémentaire terrienne dans tes deux pierres! Assez simple, non?

– C'est tout ?! fit Lolya, surprise. Une simple erreur de prononciation ?

– Puisque je te le dis.

– Je n'arrive pas à le croire ! J'ai tellement cherché dans toutes les directions et… et… dire que tu connaissais la solution ! Tu aurais pu intervenir plus tôt !

– J'attendais le moment propice, répondit la dague. De toute façon, tu es si entêtée que tu ne m'aurais pas écoutée… C'est bien dommage, car je suis ta meilleure amie, tu sais…

– HOLÀ ! la coupa Lolya. Tu n'es pas et tu n'as jamais été ma meilleure amie ! Je n'ai pas d'autre choix que de vivre avec toi et je t'assure que je me passerais bien de ta présence. Ma meilleure amie est Médousa. Et si je ne t'écoute pas quand tu parles, c'est parce que tu mens tout le temps. Avec toi, on ne sait jamais où se trouvent la vérité et le mensonge ! À longueur de journée, tu inventes des scénarios que tu te plais à croire !

– Tu es insultante, Lolya !

– Toi, tu es folle, Aylol !

– Non, c'est toi, la folle ! Après tout, *moi*, je ne fais pas la conversation avec une dague comme s'il s'agissait d'une personne !

– Ne recommence pas, veux-tu ?

– Tu ne te poses jamais de questions, Lolya ? Il n'y a que toi qui puisses m'entendre, non ?

Qui te dit que je ne suis pas le fruit de ton imagination?

– Je n'aurais jamais pu inventer une créature aussi empoisonnante que toi! lança la jeune Noire pour conclure la discussion.

– Là, tu marques un point! fit la dague en ricanant.

Lolya s'éloigna d'Aylol et fit quelques pas dans sa serre. Malheureusement pour elle, la jeune fille ne pouvait s'éloigner de cette mauvaise compagne que d'une quinzaine de pas tout au plus sinon elle ressentait de terribles malaises. Son cœur commençait à défaillir et sa respiration devenait très ardue.

– Ne va pas trop loin! la prévint Aylol pour qui les effets de la distance étaient les mêmes.

– JE SAIS! siffla la nécromancienne. TAIS-TOI ET LAISSE-MOI RESPIRER UN PEU!

Ainsi rabrouée, la dague renvoya le reflet de Lolya croisant les bras et serrant les dents.

«Voilà qu'elle pense encore à *lui*, réfléchit la dague. Elle pense toujours à *lui*, et jamais à moi! Je suis convaincue qu'elle se demande comment se débarrasser de moi… Je le sens bien… Lolya me déteste et elle me détestera tant et aussi longtemps que cet avorton de porteur de masques sera entre nous. Nous pourrions pourtant être de grandes amies et être heureuses ensemble si elle se donnait la peine de mieux me connaître. Je pourrais l'aider à décupler ses pouvoirs de nécromancienne et lui donner accès à la vraie magie des profondeurs infernales. Mais, au lieu de cela, elle soupire en espérant que son chevalier va lui déclarer son amour et l'emmener sur un grand cheval blanc ! Quelle tristesse ! Quelle perte de temps et de talent ! Il faut que je me débarrasse de *lui*, pour un certain temps du moins… Il faut que je puisse avoir le loisir de prouver ma valeur à Lolya et de lui montrer l'étendue des pouvoirs que je… Mais que vois-je là ? »

La dague de Baal avait aperçu le petit pot de poudre de mandragore, une racine particulièrement puissante qui possédait la propriété de quintupler la force d'un sort ou d'une potion.

« Cela me donne une idée… »

Par télékinésie, c'est-à-dire le pouvoir de déplacer les objets par la pensée, la dague fit basculer la totalité du contenu du pot dans le grand bol d'ingrédients où se trouvaient les deux pierres de puissance. La fine poudre s'amalgama aussitôt au mélange.

« Oups…, fit la dague, je ne voulais pas mettre toute la poudre de mandragore ! Il est trop tard maintenant… »

En effet, Lolya revint à sa table de travail et posa les yeux sur sa besogne. Absorbée dans ses pensées, elle replaça machinalement le pot de poudre de mandragore sur une tablette, puis consulta le grand livre de l'alchimiste de l'île des harpies. Comme elle s'apprêtait à entamer les premières formules, elle se tourna vers la dague.

– Tu es bien silencieuse tout à coup, lui dit-elle.

– C'est que… je ne… je ne veux pas te déranger, répondit Aylol en toussotant. N'oublie surtout pas de prononcer correctement les *h*… pour… pour… te… te garantir un éclatant succès !

2
Quinze ans

Le village d'Upsgran était devenu une vraie fourmilière depuis quelques jours ; on y préparait une fête digne d'un roi. En effet, Amos Daragon allait avoir quinze ans et son anniversaire ne devait surtout pas passer inaperçu. Médousa et Maelström s'étaient chargés de remettre en mains propres les invitations aux trois rois vikings ainsi qu'à Junos et à Frilla, les nouveaux souverains du royaume des quinze. Ils avaient aussi convié les dirigeants de la cité de Pégase, et l'oracle des oracles s'était empressé de confirmer qu'ils viendraient. Les luricans de l'île de Freyja avaient promis d'être présents, tout comme le démon Yaune qui se faisait une joie de sortir de son nouveau royaume. De plus, les fées du bois de Tarkasis n'avaient pas hésité une seule seconde avant d'accepter la proposition de se joindre à la fête. Enfin, tous ceux et celles qui avaient de près ou de loin contribué à la victoire de Berrion sur

Barthélémy et la toison d'or avaient reçu une invitation. Cette célébration en l'honneur d'Amos était aussi le prétexte d'un grand rassemblement d'humains et d'humanoïdes qui avaient décidé de partager leurs richesses et de vivre en paix.

En bon hôte, Béorf avait fait changer l'inscription du dolmen à l'entrée du village. À la place de « *Village d'Upsgran – 103 âmes – Foutez le camp !* », on pouvait maintenant lire : « *Village d'Upsgran – bienvenue à tous !* » Avec l'aide de Geser, il avait aussi organisé un gigantesque buffet auquel les invités avaient généreusement contribué en faisant parvenir leurs mets les plus délicats. Ainsi, on trouverait sur la table, en plus des plats traditionnels, du marcassin grillé en provenance de Volfstan, des moules vertes des côtes du roi Harald et du saumon fumé des rivières poissonneuses de Wassali de la Terre verte. Les hommes-ours s'étaient surpassés pour mettre en valeur leur cuisine régionale et avaient préparé une variété infinie de saucissons qui seraient grillés sur des charbons ardents. Outre les délicats champignons des grottes de la cité de Pégase, il y aurait des feuilletés aux trois miels de Tarkasis, de grands vins provenant des vignes du sud du royaume des quinze, de la crème glacée contenue dans une étrange machine à garder les aliments froids en provenance de l'île de Freyja et du caviar de la grande mer du Nord.

Le jour venu, la fête débuta à la mi-journée avec l'arrivée de Junos, de Frilla et des chevaliers de Berrion. Gwenfadrille et ses fées ne se firent pas attendre, pas plus que les nombreuses délégations du royaume des quinze. Harald aux Dents bleues, Wassali de la Terre verte et Ourm le Serpent rouge gagnèrent Upsgran par la mer et envahirent le port avec leurs trois cents drakkars. Puis, au son éraillé d'un cor de guerre, les icariens se posèrent en rangs serrés sur la colline de l'ancienne forteresse et montèrent leur camp avant de rejoindre les autres invités au village. Des luricans excités et indisciplinés débarquèrent d'une dizaine de flagolfières et s'installèrent pour animer la fête de leurs chansons traditionnelles et de leur musique endiablée.

Au coucher du soleil, Nérée Goule, un peu étourdie par le vin qu'elle avait bu, était sur le point de prononcer un discours en hommage au courage d'Amos Daragon, quand une délégation de kelpies émergea de la baie pour venir s'agenouiller respectueusement devant le porteur de masques. Ils déposèrent sur la table du buffet de grands sacs faits d'algues remplis à ras bord d'huîtres fraîches, ce qui fit croire à Béorf qu'il était au paradis. Et ce n'était que le début des surprises. Bientôt, ce furent les sirènes qui entamèrent un concert de poèmes lyriques. Sous le soleil couchant, les voix surréelles des créatures marines firent scintiller toutes les étoiles de mer du fond de la baie. Si bien qu'il devint impossible pour les spectateurs de distinguer le ciel des eaux et la lune de son propre reflet. Ces mélodies enchanteresses furent suivies de l'arrivée-surprise du roi des minotaures, Minho le Grand. Il se présenta avec une centaine de ses meilleurs guerriers pour saluer son ami Amos. Lorsqu'il vit l'homme-taureau, le jeune garçon versa des larmes de joie en l'étreignant fortement. Dans la culture minotaure, il n'y avait pas de plus grande marque de respect que d'entreprendre un voyage aussi long dans l'unique but de rencontrer un ami.

Mais Amos n'était pas encore au bout de ses surprises, car le nouveau roi des faunes vint à son tour lui rendre hommage. La petite créature au regard perçant le remercia person-nellement d'avoir défait Barthélémy et d'avoir lavé, par cette victoire, l'honneur de son peuple. Même si Fanon du Chagrin, la flûte mythique des faunes, avait été détruite, le roi lui assura que ses sujets étaient de tout cœur avec lui dans sa mission de porteur de masques. En guise de cadeau d'anniversaire, il lui offrit un horrible chapeau traditionnel en paille tressée, censé apporter bonheur et sagesse à son propriétaire. Amos accepta le présent sans sourciller et, sous les rires contenus de l'assistance, il se coiffa de la ridicule chose. Tous les invités éclatèrent alors d'un rire franc qui amusa également le roi des faunes.

– Voyez! dit orgueilleusement le petit bonhomme de sa voix de chèvre. Par Guiol et par Woo, le chapeau commence déjà à faire son effet. Il vient de donner du bonheur à toute l'assemblée et le garçon qui le porte prouve bien qu'il est capable de rire de lui, ce qui est, ma foi, par Fiolé et par Juki, une grande marque de sagesse!

En conclusion à la tirade du faune, Amos se leva, exécuta quelques petits pas de danse, et salua théâtralement les spectateurs avec son nouveau chapeau. Des applaudissements retentirent de toutes parts avant que les musiciens luricans ne recommencent à faire chauffer leurs instruments. Le roi des faunes et sa suite se joignirent à la fête et, grâce à leurs flûtes, firent apparaître des dizaines de plats exotiques et une multitude de pains de toutes tailles.

– Tu viens danser avec moi, Béorf? demanda Médousa alors que le gros garçon humait délicatement un morceau de saumon fumé.

– Pas maintenant, Médousa, j'ai encore quelques affaires urgentes à terminer!

– Des affaires urgentes?!

– Oui, répondit sérieusement l'homma-nimal. En tant que chef du village d'Upsgran et hôte de cette grandiose réception, je me dois de goûter à tous les plats pour être bien certain qu'ils ne sont pas avariés. Je ne veux pas créer un incident diplomatique qui pourrait porter ombrage à Amos en cette magnifique journée! Tu comprends, n'est-ce pas?

La gorgone recula d'un pas et le dévisagea.

– Mais tu me prends pour une cruche, tête de noix! s'exclama-t-elle en lui indiquant du doigt la piste de danse. Je te laisse trois secondes pour te décider à bouger ou je te botte le derrière, monsieur le glouton!

– Je ne suis pas glouton, fit Béorf en souriant, je suis gourmet!

– Non, tu es un vrai glouton! conclut la gorgone. Pose immédiatement cette assiette et fais-moi danser! C'est un ordre, ô grand inspecteur en chef du buffet!

– C'est si gentiment demandé que je ne me sens plus le courage de refuser! répondit

Béorf en pouffant avant d'entraîner son amie par le bras.

De l'autre côté de l'orchestre, les discussions allaient bon train entre Junos, les rois vikings et le nouveau souverain des faunes.

– Ce premier contact me ravit ! affirma Junos en servant une coupe de vin au petit être. Je souhaite que votre peuple panse rapidement ses plaies et que les faunes ne considèrent plus les humains comme des barbares.

– Par Béole et par Julu, nous avons bien envisagé de vous déclarer la guerre pour récupérer notre bien, la flûte, mais un de nos espions a été témoin de l'écrasement de Barthélémy contre les murs de Berrion. Je crois, par Killi, que c'est là que nous avons compris que les hommes n'étaient pas tous semblables.

– Nous avons avantage à nous unir plutôt qu'à nous diviser, déclara Ourm le Serpent rouge. Chaque souverain dans son royaume, mais tous unis dans la paix.

– D'ailleurs, continua Harald en se caressant la barbe, nous sommes en train de solidifier des routes commerciales entre l'île de Freyja, le royaume des quinze, les territoires vikings et la cité de Pégase. Je crois qu'il serait intéressant pour vous, comme pour nous, de joindre cette alliance économique qui ne peut qu'être profitable à long terme.

– Par Fuil, vous croyez? demanda le faune.

– Pourquoi pas? ajouta Junos, rempli d'entrain. Nous avons avantage à partager notre culture et nos biens… Par exemple, goûtez-moi ceci!

– Par Dividu et par Took, qu'est-ce que c'est?

– Un fromage vieilli dans du foin, expliqua Junos en lui en présentant un morceau.

– Hummmm! fit le faune en savourant la spécialité du pays de Myon, c'est si… par Huik, si… hummmm, c'est une merveille!

– Eh bien, si vous permettez aux marchands de mon royaume de vendre ce fromage en vos terres, nous vous accorderons aussi la permission de faire connaître vos spécialités chez nous!

– Ainsi que dans les royaumes des hommes du Nord! lancèrent conjointement Harald, Ourm et Wassali.

– Holà! s'exclama le faune, mais, par Jiul, vos territoires sont immenses et les brigands doivent être nombreux sur les routes!

– C'est pour cette raison que nous faisons affaire avec la compagnie de transport des luricans qui achemine les biens et les personnes par les airs, dans leurs machines volantes ! Tous les convois sont escortés par des archers icariens afin de prévenir les mauvaises surprises ! précisa Junos. Vous n'aurez qu'à investir pour la construction d'un luricanoport pour l'atterrissage et le décollage des ballons. Par la suite, si vous avez envie d'étendre votre commerce, sachez que la cité de Pégase est une de nos partenaires, alors vous n'aurez aucun mal à y établir des comptoirs commerciaux.

– Par Hytr ! C'est très intéressant… Barthélémy nous a volé notre trésor, mais vous nous en offrez un autre ! Plus précieux encore !

– Je suis content que la proposition vous plaise, conclut Junos. Je vous laisse en compagnie de mes amis, les trois souverains du Nord, car je dois voir Minho. Peut-être les hommes-taureaux seront-ils heureux de se joindre à notre alliance commerciale ?

– Euh… il faudrait convaincre les kelpies et les sirènes aussi, lui glissa Ourm le Serpent rouge à l'oreille.

– Oui… oui, bien sûr, répondit Junos. Je m'en charge…

Pendant ce temps, loin de la fête à Upsgran, Lolya attendait impatiemment Amos. Elle lui avait donné rendez-vous, peu avant minuit, tout près d'un gros rocher qui trônait majestueusement sur la plage de galets d'Upsgran. La jeune fille tenait entre ses mains un petit coffret de cuir dans lequel les deux pierres de puissance de la terre attendaient d'être dévoilées au porteur de masques. Tandis qu'elle faisait les cent pas, une voix retentit soudain:

– OHÉ! Où es-tu, Lolya?

– Ici! répondit-elle fébrilement en reconnaissant la voix d'Amos. Tout près de l'eau, à quelques pas au pied du rocher!

– Je ne te vois pas, dit-il en enflammant, comme s'il s'agissait de torches, quelques pierres devant lui. Ah! te voilà! Tu ne me croiras pas! Je viens tout juste de croiser une des fées du bois de Tarkasis qui m'a annoncé que la forêt qui avait été brûlée par les chevaliers de Barthélémy s'est presque entièrement régénérée. Grâce à leurs pouvoirs sur les plantes, elles ont réussi en quelques mois à réparer ce qui normalement aurait dû prendre des dizaines d'années à se refaire. C'est merveilleux, n'est-ce pas?

– C'est vraiment extraordinaire, fit Lolya avec son plus beau sourire. Tu aimes la fête jusqu'à présent?

– J'adore! s'exclama Amos. C'est tellement bien de voir tous les gens qu'on aime s'amuser ensemble ! C'est épatant d'observer les minotaures qui plaisantent avec les humains, les luricans qui dansent avec les fées, et les béorites qui essaient de discuter avec les kelpies. Sans nous, cette rencontre n'aurait jamais eu lieu !

– Sans toi, tu veux dire..., le reprit Lolya. C'est grâce à toi que tout cela est possible !

– Sans fausse modestie, confia le garçon, je crois que c'est notre équipe qui peut se flatter de ce succès. Béorf, Médousa, toi et moi sommes à l'origine de ces rapprochements et de tous les rires qui s'élèvent ce soir ! Mais... je ne pense pas que tu voulais me voir pour cette raison, non ?

– Non, pas exactement ! admit la jeune Noire en souriant. Je voulais t'offrir un cadeau pour ton anniversaire.

– Ah oui ? Et qu'est-ce que c'est ?

– Tiens ! répondit Lolya en lui tendant le petit coffret. C'est à l'intérieur !

– Mais dis-moi, lui demanda Amos avant d'ouvrir son présent, je sais que les béorites tout comme les gorgones ne fêtent jamais les anniversaires, mais, dans ta culture, les célébrez-vous ?

– Oh non ! jamais ! Chez les Dogons, c'est la mort que nous célébrons...

– La mort ?!

– Oui, nous honorons la mémoire d'un disparu à la date de son décès, et ce, jusqu'à ce que ses descendants se retrouvent dans la tombe.

– Ouf! moi qui avais peur d'oublier ton anniversaire!

– Tu es chanceux, rétorqua Lolya en rigolant, tu pourras commencer à me fêter seulement après ma mort! Mais si tu veux m'offrir des cadeaux, libre à toi de le faire tous les mois, car les Dogons comptabilisent l'âge d'un individu en fonction de la lune. Par exemple, moi, j'ai cent soixante-seize lunaisons!

– Ouf! Et combien cela fait-il de printemps?

– Presque autant que toi, curieux! coupa Lolya qui ne voulait pas lui avouer qu'elle allait bientôt avoir quatorze ans. Alors, tu l'ouvres, ce cadeau, ou non?

– Oui, avec plaisir…

Dès que ses yeux tombèrent sur le coffret, Amos sentit qu'il s'agissait des deux pierres de puissance qui manquaient à son masque de la terre. C'est avec une grande joie qu'il découvrit les éléments qui allaient lui procurer un plein contrôle de sa magie.

– C'est toi qui les as créées? demanda-t-il, ému, à Lolya.

– Oui… Je me suis enfermée dans ma serre pendant plusieurs longues semaines afin de fabriquer ces deux petites merveilles ! C'est en suivant les recettes de l'alchimiste de l'île des harpies que j'ai pu réussir le bon dosage et qu'il…

– C'est surtout grâce à moi, chuchota Aylol à la ceinture de la jeune fille.

– Ferme-la, toi ! répliqua aussitôt Lolya.

– Quoi ? Tu veux que je referme la boîte ? demanda Amos, surpris.

– Non… non, Amos… ce n'est pas à toi que je parlais…

– Ah non ? Mais à qui donc parlais-tu alors ? lança le porteur de masques en regardant autour de lui. Je ne vois personne, moi…

– Ça n'a pas d'importance, déclara Lolya en lui prenant doucement les épaules. Je te souhaite un bon anniversaire et j'espère de tout cœur que, malgré le temps qui passe, tu demeureras toujours le même.

– Merci beaucoup pour tous tes talents de sorcière, mais surtout pour ton amitié, dit Amos en la serrant dans ses bras. C'est bon de savoir que tu es là, toujours à mes côtés, dans les bons jours comme dans les mauvais.

– Pour cela, compte sur moi… Je ne pourrais pas vivre une journée sans… sans… sans toi.

– Tu sais, Lolya…, murmura Amos en la tenant toujours contre lui. Lorsque nous étions sur l'île de… sur l'île du grand lac Ixion…

– Oui, Amos…, soupira la jeune Noire dont le cœur allait bientôt exploser.

– Lorsque tu as emprunté le tunnel des fées, je t'ai dit que…

– Oui, Amos… tu m'as dit que…

– Enfin, je voulais te dire que, vraiment, depuis un certain temps, tu me…

– Je te… je?…

– Tu me… me…

– Tu… oui, tu?…

Amos marqua une pause et, un peu intimidé, vit le regard enflammé de son amie. L'endroit était parfait pour ce moment magique entre Amos et Lolya. La lune se reflétait sur la baie, alors qu'au loin les bruits de la fête amplifiaient l'impression de solitude et d'isolement que ressentaient les jeunes amoureux. Un vent chaud s'était levé et agitait doucement les tresses de la jeune Noire. Son parfum de mangue, spécialement concocté pour cette rencontre, mêlé à l'air salin de la baie, enivrait Amos. Se laissant porter par ses sentiments, le garçon baissa courageusement la tête afin de s'approcher des lèvres de son amie, mais, à l'instant où il allait y déposer un baiser, la voix rocailleuse de Flag Martan Mac Heklagroen retentit à quelques mètres derrière le couple. Lolya sursauta en poussant un petit cri qui fit perdre pied à Amos dont une des semelles reposait sur une motte d'algues gluantes. Le pauvre se retrouva bien vite par terre, jambes en l'air, dans une position tout à fait grotesque.

— Alorrrs, Amos ! Mais qu'est-ce que tu fais là, dans le noirrr de la nuit à admirrrer la baie avec Lolya ?! Tout le monde te cherrrche afin de commencer la joute de fléchettes ! Tu fais équipe avec Béorrrf ! Moi, on m'a mis avec Junos ! Tu viens, parrrdi ?

— Oui, j'arrive tout de suite ! lança Amos en essayant de se donner un peu de contenance. Désolé, Lolya… nous… nous…

— Ça va, répondit la jeune fille en l'aidant à se relever. Tes pierres de puissance sont ici ! Prends-les… Tu les…

— Oui, oui ! Merci beaucoup, je suis vraiment touché…

— ALORRRS, AMOS ? TU ARRRRIVES ? s'impatienta Flag. Tu aurrras tout le temps de parrrler à Lolya plus tarrrd !

— Je vous rejoins ! dit la jeune Noire en grimaçant un air réjoui. À tout de suite…

— D'accord, à tout à l'heure ! fit le garçon que le lurican tirait déjà par le bras.

Lolya contint sa fureur jusqu'au moment où elle vit Amos quitter la plage et entrer dans le village. Puis elle hurla de toutes ses forces :

– AAAAAAAAAAAAH! JE VAIS LE TUER, CE SALE PETIT BARBU DE FLAG! JE VAIS L'ÉTRIPER, L'ÉVENTRER, LE FAIRE SOUFFRIR ET LUI COUPER LA LANGUE! JE VAIS LUI PELER LA PEAU ET LE DONNER EN PÂTURE AUX CORBEAUX! JE VAIS LUI ARRACHER LES POILS DE SA FOUTUE BARBE UN À UN ET LUI GRILLER LES TALONS AVEC DES CHARBONS ARDENTS!

– Excellent! Excellent! s'écria la dague de Baal à sa ceinture. Si tu as besoin d'aide, dis-le-moi!

– FERME-LA, AYLOL! OU JE JURE QUE JE TE LANCE AUSSI LOIN QUE JE PEUX! CE N'EST VRAIMENT PAS LE MOMENT!

– Désolée…, grommela la dague, je ne voulais que t'aider, c'est tout…

3
La statue

La fête s'était terminée au petit matin et chacun était allé au lit afin de se reposer. Avant de rejoindre leur campement, les minotaures avaient pris quelques minutes pour faire leurs ablutions dans l'eau glacée de la baie d'Upsgran et entonner leur prière rituelle du matin. Leurs chants de gorge s'étaient répandus dans l'air frais comme le murmure lointain du passage des oies migratrices au printemps. Le concert des sirènes de la veille avait lancé la fête, celui des hommes-taureaux venait de la conclure de magnifique façon.

– Tu vas dormir ? demanda Frilla Daragon à Médousa qui marchait nonchalamment vers les quais.

– Non, pas maintenant, répondit la gorgone. J'ai envie de me baigner un peu avant.

– Sois prudente, l'eau est encore très froide et… et je crois qu'il vaudrait mieux que je demeure sur la rive pour m'assurer que tu ne coules pas à pic !

— Ne vous en faites pas, répondit Médousa, car je suis une créature à sang froid. À moins d'un froid ou d'une chaleur excessive, mon corps s'adapte à la température environnante. Ne craignez rien, je nage encore mieux que je marche !

— Très bien, alors ! Je te souhaite une bonne baignade.

— Merci, à plus tard !

La gorgone se rendit au bout du quai et, tout habillée, plongea sans hésitation. Une fois dans l'eau, quelques frissons lui parcoururent le corps avant qu'elle ne s'adapte à ce nouveau milieu. Médousa fit ensuite quelques brasses jusqu'à un coin tranquille qu'elle connaissait bien. Cet endroit, une toute petite plage entourée de falaises et presque inaccessible par la côte, lui servait de refuge lorsqu'elle avait envie d'être seule. Un simple hamac tendu entre deux arbres distordus par les vents marins, un petit coffre contenant ses effets personnels et une bonne couverture de laine lui servaient de maison à ciel ouvert. Rapidement, la gorgone retira ses vêtements mouillés et les mit à sécher sur un rocher, puis elle s'installa confortablement dans son hamac en s'enroulant dans sa couverture. Elle retira ses lurinettes et se couvrit la tête afin de ne pas être incommodée par le soleil levant.

«Voilà un rythme de vie qui me convient bien, pensa-t-elle. Dormir le jour et vivre la nuit, il n'y a rien de mieux pour les gorgones! Ici, je ne risque pas que Béorf me réveille avec ses blagues ridicules pour me sortir du lit… Ici, c'est mon petit coin de tranquillité… ma cachette à moi… mon… hummm.»

Médousa glissa vite dans le sommeil, mais juste avant midi, à sa grande surprise, c'est Béorf qui la réveilla brusquement.

– Médousa! Médousa, réveille-toi! cria-t-il en secouant violemment le hamac de son amie.

– Mais qu'est-ce que… mais que…, balbutia la gorgone, mais que fais-tu ici? Va-t'en! Laisse-moi dormir en paix!

– Médousa! insista le gros garçon d'une voix oscillant entre la panique et la rage. Dis-moi que tu n'as pas fait cela! DIS-MOI QUE CE N'EST PAS TOI!

– Quoi?! Mais qu'est-ce que j'ai fait?! Ah! mais quel emmerdeur! Passe-moi mes lurinettes avant que…

– Avant que tu fasses une autre victime? l'interrompit Béorf en lui tendant l'objet. C'est cela?

– C'est cela, quoi?! Quelle victime?! Explique-toi! D'abord, comment m'as-tu trouvée?

— Je sais depuis longtemps que c'est ici que tu te réfugies quand tu as besoin d'être seule, lui avoua Béorf. Je t'ai suivie plusieurs fois en barque. Il a bien fallu que je sache où tu étais… Tu disparaissais sans rien dire et j'étais inquiet !

— Bon, ça va… tu es pardonné, répondit Médousa en bâillant. Apporte-moi mes vêtements qui sèchent, juste là, sur la grosse pierre.

Béorf apporta les vêtements à son amie, puis se retourna pour lui laisser un peu d'intimité. Une fois habillée, la gorgone demanda :

— Alors, qu'est-ce que j'ai encore fait qui te bouleverse autant ?

— Tu n'es vraiment pas au courant ? fit Béorf, visiblement troublé.

— Au courant de quoi ?!

— Dans ce cas, tu n'aurais pas vu d'autres gorgones dans les parages ?

— Non ! Je n'ai pas vu de gorgones, pas de serpents à plumes et pas d'éléphants roses !

— Rien de suspect dans les environs ?

— NON ! Mais cesse donc toutes ces questions et dis-moi ce qui se passe une fois pour toutes !

— Ah !… si je te le disais, tu ne me croirais pas !… Viens avec moi et prenons ma barque pour rentrer à Upsgran, je vais te montrer, lui dit Béorf, dépité.

Quelques instants plus tard, Médousa s'installa dans l'embarcation en maugréant. Elle qui croyait pouvoir se prélasser dans son hamac toute la journée se serait bien passée de ce réveil brutal et de cette balade en plein soleil. Ce que la gorgone ne savait pas encore, c'est qu'elle était attendue de pied ferme à Upsgran.

Tous les invités qui avaient participé à la fête de la veille s'étaient rassemblés au port. Les yeux comme des poignards prêts à frapper, ils attendaient debout, dans un silence sec, qu'arrive l'embarcation de Béorf. Lorsqu'il fut près du quai, le gros garçon demanda qu'on l'aide à amarrer la barque, puis, sous le regard de tous, il se dirigea avec Médousa vers la vieille forteresse des béorites où l'attendaient Geser Michson, Maelström et Lolya.

– Mais qu'est-ce qu'ils ont tous à me fixer ainsi? demanda à voix basse la gorgone. Il y a tant de haine dans leurs yeux… On dirait qu'ils se retiennent pour ne pas m'arracher la tête ou me faire écarteler.

– Tu as raison, Médousa, ils s'efforcent de garder leur calme, car, en tant que chef du village, je leur ai ordonné de te laisser tranquille jusqu'à ce qu'une enquête soit faite.

– UNE ENQUÊTE! s'exclama Médousa. Mais… mais une enquête sur quoi?

– Une enquête sur le meurtre d'Amos! Tiens, vois par toi-même!

Tout en haut de la colline de la vieille forteresse, Béorf fit signe à Médousa de passer devant lui. La gorgone tomba à genoux en découvrant la douloureuse scène qui se dévoila devant ses yeux.

– OHHH NON! fit-elle en tremblant comme une feuille. CE N'EST PAS MOI! IL FAUT ME CROIRE, JE JURE QUE CE N'EST PAS MOI QUI AI FAIT CELA!

En face de la gorgone en larmes, le corps pétrifié d'Amos Daragon se tenait debout. L'expression de son visage dénotait de la stupeur, un peu comme s'il avait été saisi à l'improviste. Ses poings étaient fermés et les nerfs de son cou, très tendus.

– Et qu'est-ce qui nous prouve que ce n'est pas toi? questionna l'un des chevaliers de Junos qui se trouvait sur la scène du crime afin d'empêcher les curieux de s'en approcher. Tu es la seule créature ici qui puisse transformer la chair en pierre!

– NON! NON ET NON! insista Médousa, prise de panique. CE N'EST PAS MOI! DIS-LEUR, BÉORF, QUE JE NE FERAIS JAMAIS UNE TELLE CHOSE! TU ME CONNAIS, TOI, TU SAIS TOUT DE MOI! DIS-LEUR… S'IL TE PLAÎT!

– Je ne sais pas quoi penser, Médousa…, murmura Béorf en haussant les épaules. Peut-être que c'était un accident?…

– TU CROIS QUE J'AURAIS PU FAIRE ÇA, BÉORF?! hurla la gorgone, au désespoir. TU CROIS VRAIMENT QUE C'EST MOI?

– Dans mon cœur, répondit le gros garçon en baissant les yeux, je sais que ce n'est pas toi. Mais, logiquement, je n'arrive pas à comprendre ce qui est arrivé à Amos.

– Alors, tu me défendras, Béorf, si les gens veulent me tuer? demanda la gorgone en se jetant dans les bras de son ami.

– Bien sûr. Personne ne te fera de mal…, lui chuchota-t-il à l'oreille. Je jure que personne ne touchera à un seul de tes jolis serpents tant et aussi longtemps que je serai chef de ce village.

Entre-temps, tous les habitants d'Upsgran ainsi que les invités de la fête avaient formé un immense cercle autour de la statue d'Amos. Sous les ordres de Junos, les chevaliers délimitèrent un périmètre de sécurité que tout le monde respecta de bonne grâce.

– Médousa! claironna tout à coup le roi du royaume des quinze. En tant que première suspecte dans cette affaire, nous devons te mettre sous les verrous pendant que nous reconstituerons les événements qui ont précédé le crime. Tu comprendras, ma jeune amie, que ce n'est pas de gaieté de cœur que…

– Arrête tout de suite, Junos! ordonna Frilla en s'approchant de son mari. Médousa n'est certainement pas responsable de ce qui arrive à mon fils. J'ai bavardé longuement avec Amos, ici même, tôt ce matin, pendant les chants des minotaures. C'était avant de rencontrer Médousa sur les quais d'Upsgran. Je trouvais imprudent qu'elle se baigne seule et j'ai demandé à un de nos chevaliers de veiller sur elle. Celui-ci vient de m'assurer qu'elle est restée toute la matinée sur une petite plage non loin d'Upsgran. Je t'affirme qu'il était donc impossible pour Médousa de pétrifier Amos depuis le moment où j'ai quitté mon fils. Elle est innocente et nous n'avons pas à la mettre au cachot.

– Merci…, soupira la gorgone, soulagée. Merci beaucoup…

– Tu n'as pas à me remercier, Médousa, dit Frilla en l'embrassant sur la joue. Je sais que ce n'est pas ta faute et que tu aurais été incapable de faire une chose pareille.

– Et si je l'avais fait par accident, renifla la gorgone en essuyant ses larmes, je vous jure que je me serais regardée dans un miroir afin de renverser le sort… et…

– ... et tu serais morte sur le coup...,
continua Béorf. Exactement comme lorsque
tu l'as fait pour moi. Et ne serait resté de ton
corps qu'un tas de poussière, n'est-ce pas?

– C'est exact..., répondit la gorgone.
Mais je n'aurais pas hésité une seconde à me
sacrifier pour réparer mon erreur !

– Je te crois, assura Frilla en la serrant dans
ses bras. Je sais bien que tu n'hésiterais pas
une seconde à te sacrifier pour Amos !
D'ailleurs, je pense que tous ses amis le
feraient...

Junos fit quelques pas autour du corps
pétrifié d'Amos. Il observa attentivement le
sol pour trouver d'éventuels indices, puis
déclara après de longues minutes de silence :

– Il n'y a que les traces de Frilla et celles de
Lolya qui a trouvé Amos ainsi ce matin...
D'ailleurs, où est-elle ? Quelqu'un aurait-il vu
Lolya ?

– Elle est dans la serre, affirma Maelström
en montrant de la tête la vieille forteresse des
béorites. Je l'ai vue s'y précipiter en pleurant...
Elle... elle était complètement bouleversée !

– Tu veux bien lui demander de venir nous
rejoindre ? fit Junos. J'ai besoin d'elle pour
essayer de reconstituer ce qui s'est passé... Elle
pourra peut-être nous fournir un détail important qui nous donnera une piste à suivre !

– Ne te dérange pas, Maelström, j'y vais…, lança Geser en décollant au pas de course.

Le béorite entra dans la vieille forteresse et se dirigea rapidement vers les appartements de Lolya. Sur son chemin, il découvrit par terre la dague de la jeune nécromancienne. La lame, d'ordinaire si rutilante, était maintenant tout oxydée et paraissait sur le point de s'effriter.

« Ce n'est pas normal, ça ! s'inquiéta Geser. Depuis son retour de Berrion, Lolya ne s'était jamais séparée de sa dague… »

L'instant d'après, il frappa quelques coups à la porte de la serre et y entra sans attendre de réponse. Lolya gisait sur le sol, sans vie. Entre ses doigts, un bout de papier : « J'ai tué Amos, pardonnez-moi. »

4
La grande réunion

Rien n'allait plus à Upsgran. On ne parlait que de la malédiction qui s'était abattue sur Amos et de l'étrange mort de Lolya. Chacun y allait de ses suppositions et, malgré l'alibi de Médousa, les rumeurs de complot au sein de l'équipe du porteur de masques allaient bon train. Plusieurs chevaliers de Berrion avaient imaginé un maléfice envoyé d'outre-tombe par Barthélémy. Même mort, l'ancien seigneur de Bratel-la-Grande inspirait toujours la peur.

Pour faire taire les commérages et trouver des réponses aux mystères qui planaient sur le village, Junos avait convoqué un grand conseil où siégeaient Gwenfadrille du bois de Tarkasis, Minho le roi minotaure, les trois souverains vikings, l'oracle des oracles de la cité de Pégase, Flag Martan Mac Heklagroen, Yaune le démon, le chef de la délégation des kelpies, Nérée Goule de Volfstan, Frilla, la mère d'Amos, Geser Michson, Sartigan, Béorf et Médousa.

— Je vous ai réunis ici pour essayer de comprendre le drame que nous vivons actuellement, commença Junos. Votre sagesse à tous pourra sans doute faire la lumière sur cette malheureuse histoire.

Minho et le kelpie, tous deux installés au bout de la table, signifièrent qu'ils n'avaient pas bien compris ce que le roi du royaume des quinze venait de dire. Ces deux-là ne maîtrisaient pas très bien la langue des humains ; aussi, Béorf se proposa d'aller chercher ses oreilles de cristal afin de leur rendre la réunion intelligible.

— La reine est contente de savoir que tu possèdes encore le cadeau de Gwenfadrille, mais les oreilles de cristal ne seront pas nécessaires, déclara la reine des fées qui parlait toujours d'elle à la troisième personne dans les réunions officielles. Par son pouvoir, la souveraine à cette table accorde à tous le don des langues afin que chacun partage ses idées et propose ses solutions. Le charme sera rompu lorsque l'assemblée sera levée. Que votre langue se délie et que vos oreilles s'ouvrent... Parlez maintenant !

— Respect pour la reine des fées, dit Minho.

À ses côtés, le kelpie s'ébroua deux fois et tout le monde comprit qu'il remerciait également Gwenfadrille pour ce cadeau inespéré.

– Bien, poursuivit Junos, nous voilà au cœur d'un drame que je n'arrive pas à comprendre. Faisons le point si vous le voulez bien! Je résume les faits : ce matin, Lolya découvre Amos pétrifié tout près de la vieille forteresse des béorites; elle avertit immédiatement un de mes hommes qui fonce me prévenir. Lolya disparaît ensuite et, à peine une heure plus tard, nous la retrouvons morte dans son laboratoire, mais sans aucune blessure apparente. Entre ses mains, Geser trouve un bout de papier sur lequel elle s'accuse d'avoir tué Amos...

– Mais..., lança Nérée Goule en se grattant la tête, Lolya ne possédait pas le pouvoir de changer les gens en pierre, c'est exact?

– Je ne pense pas, fit l'oracle des oracles. Puis-je voir le bout de papier qu'elle a laissé?

– Bien sûr, répondit Junos, tenez, prenez-le...

– Merci..., dit le vieil icarien avant d'examiner la façon dont les lettres y avaient été tracées. Hum... il est clair que Lolya était troublée, paniquée même... Je sens... je sens une peine immense, comme un très grand désarroi! D'après ce que je peux voir, elle se sentait coupable... très coupable.

– Mais comment a-t-elle pu s'accuser de ce qui est arrivé à Amos alors qu'elle ne possédait même pas le pouvoir de le pétrifier?!

continua Nérée Goule. Je veux bien croire qu'elle se sentait coupable, mais de quoi?

— Pourrrtant, elle avait l'airrr, trrrès heu-rrreuse, hierrr soirrr, lorrrsque je l'ai surrr-prrrise dans les brrras d'Amos!

— Que dites-vous, cher lurican? demanda Gwenfadrille, intriguée.

— Je dis, grrrande rrreine de beauté, que j'ai vu Amos et Lolya se serrrer l'un contrrre l'autrrre surrr la plage d'Upsgrrran, hierrr soirrr. Elle venait de lui offrrrir un cadeau d'anniverrrsairrre…

— Sauf respect, dit Minho, quel était ce cadeau?

— Je n'en ai aucune idée…, répondit Flag. Mais c'était dans un petit coffrrret en cuirrr… ou une petite boîte de bois, je ne me rrrappelle pas trrrop.

— Il s'agissait d'un petit coffret en cuir, précisa Sartigan, nous l'avons trouvé au pied de la statue. Nous l'avons examiné, mais il n'a rien révélé d'anormal.

— Nous serions fixés si Lolya pouvait nous dire elle-même ce qui s'est réellement passé, affirma Yaune le démon d'une voix profonde.

— Oui, cela me paraît évident! approuva Junos. Mais elle est morte…

— La porteuse de la dague était en symbiose avec son arme, poursuivit le chevalier maudit.

Celle qui a ouvert la porte des Enfers ne peut mourir que si les forces obscures le désirent.

– Sauf respect, démon, enchaîna Minho, comment redonner vie à ce qui est mort?

– Je l'ignore, homme-taureau, admit Yaune, je sais seulement que c'est possible, mais je ne suis pas magicien.

– Bien que sa science soit très poussée, dit la reine des fées, Gwenfadrille l'ignore aussi…

– Mais pardi! s'exclama Harald aux Dents bleues. Je ne connais personne qui puisse ramener les morts dans le monde des vivants! Seule la petite Noire qui connaissait bien le monde des esprits…

– Moi… moi, je sais comment nous pourrions peut-être y arriver, l'interrompit timidement Médousa. Demandons-le directement à Lolya…

L'assemblée, incrédule, demeura interdite.

– Euh… c'est que… j'ai déjà assisté à une cérémonie où j'ai vu Lolya interroger un mort, continua la jeune gorgone. Nous pourrions tenter la même expérience?

– En demandant à Lolya comment la ressusciter? lança Béorf sur un ton mi-sérieux mi-amusé.

– En tout cas, je crois que ça vaut la peine d'essayer, rétorqua Médousa. Au point où nous en sommes, nous n'avons rien à perdre!

– Euh… bien…, bafouilla Junos en cherchant du regard l'approbation de l'assemblée. Disons que c'est une solution comme une autre!

– Si vous le permettez, ajouta la gorgone, je vais voir ce que je peux faire de mon côté pendant que vous continuez à discuter. Je vous tiendrai au courant…

– Très bien…, approuva Junos.

– Alors, je l'accompagne! fit Béorf. Elle aura peut-être besoin d'aide…

– Avec plaisir, répondit Médousa en se levant de son siège.

En se dirigeant vers la serre où se trouvait le laboratoire de Lolya, Médousa essaya de se rappeler ce que son amie lui avait enseigné sur l'utilisation des chandelles.

– Chaque couleur correspond à des caractéristiques bien précises, murmura-t-elle. Les blanches pour la divination… euh… et la force spirituelle, je crois… les noires pour… oh! je ne me rappelle plus! Ah oui! Les noires servent à entrer en contact avec les esprits!

– Que radotes-tu là?! demanda Béorf qui suivait son amie de près.

– J'essaie de me rappeler quelques notions de magie, expliqua la gorgone. Le corps de Lolya est-il toujours dans la serre?

– Geser et moi l'avons étendu sur son lit, il devrait y être encore…

– Bien! Ensuite, il nous faudra trouver son grimoire…

Une fois dans le laboratoire de son amie, Médousa mit rapidement la main sur le précieux livre de magie et commença, en s'aidant des notes du grimoire, la cérémonie d'interrogation des morts. Comme l'avait déjà fait Lolya, la gorgone disposa un bon nombre de chandelles noires autour du corps de la défunte, puis coupa une mèche de cheveux de cette dernière. Elle les brûla ensuite et en mélangea la cendre à sa salive, ce qui créa une étrange mixture grise et malodorante.

– Es-tu bien certaine de ce que tu fais? questionna le jeune chef d'Upsgran en fronçant les sourcils.

– Non, Béorf! Je n'en suis pas certaine du tout! C'est la première fois que je pratique la magie et je suis terriblement nerveuse!

– Veux-tu que je t'aide?

– Bonne idée… Tu vois ces symboles dans le grimoire?

– Oui, je les vois…

– En te servant du mélange de salive et de cendre que je viens de faire, tu vas reproduire celui-ci sur son front, ces deux-là sur ses joues et le petit dernier, juste ici, sur son menton. Pendant ce temps, je prononcerai les formules… Ah! non! J'ai aussi besoin que tu me trouves trois os de pigeon!

Béorf obéit sans poser de question alors que Médousa allait fouiller dans les ingrédients de magie de son amie. Finalement, munie des ossements requis, elle lut à voix haute quelques formules magiques, puis dispersa une fine poudre autour d'elle. L'apprentie sorcière brisa ensuite les trois petits os de pigeon et déclama:

– Trois os pour trois questions, trois réponses je veux… La voici, je ne la répéterai pas… Lolya, comment puis-je te ramener à la vie?

À la grande surprise de Médousa et de Béorf, les lèvres de Lolya s'ouvrirent lentement avant de prononcer leur première phrase:

– Tu n'as qu'à m'ensevelir avec la dague de Baal et, à la prochaine pleine lune, je revivrai.

– Très bien, Lolya! C'est noté…, répondit Médousa, excitée par son succès. Euh… ma deuxième question… euh… comment pouvons-nous ramener Amos à la vie?

– La réponse se trouve au-delà des montagnes de l'Hyperborée.

– Bon… bon, fit la gorgone qui voulait un peu plus de précision. Et… euh… est-ce vraiment toi qui as pétrifié Amos?

– Non, c'est Aylol.

– Aylol?! s'exclama Médousa, mais qui est-ce?

– Trois os, trois questions.

Lolya se tut et les bougies noires s'éteignirent d'elles-mêmes.

***

Amos reprit conscience et voulut pousser un terrible cri, mais aucun son ne sortit de sa bouche. Toujours paralysé de la tête aux pieds, il était incapable de respirer, de voir, ni même de ressentir quoi que ce soit.

«Que m'arrive-t-il? pensa-t-il en essayant de remuer ses membres. On dirait que je suis paralysé… et mes yeux, je… je ne vois plus rien!»

Un frisson d'effroi lui glaça l'âme à l'idée qu'il ne pourrait peut-être plus jamais se mouvoir.

«Non, c'est impossible, se dit-il, pris de panique. Je ne sens plus mon corps! Même mon cœur s'est arrêté de battre! C'est noir… personne nulle part… je ne peux pas parler, ni bouger… non… ah non! On dirait le grand hall de l'angoisse, l'une des portes d'entrée des Enfers! Je ne suis pas retourné là-bas?! Je ne veux pas, non!»

Amos voulut hurler, mais encore une fois ses cordes vocales demeurèrent muettes.

Il essaya de briser la rigidité de son corps en invoquant la magie des masques, puis, devant son échec, il concentra toutes ses forces pour faire bouger un seul de ses doigts. Rien à faire : la pierre demeura immuable.

« Il doit pourtant y avoir une solution…, songea-t-il. Tu dois te calmer, Amos… Tu dois te calmer d'abord et chercher à savoir ce qui a pu t'arriver. »

Un des enseignements de Sartigan lui revint alors à l'esprit. Le vieux maître lui avait souvent dit que la peur était une émotion nécessaire pour nous informer d'un danger potentiel.

– La peur nous permet de nous préparer afin d'affronter les choses ou les événements qui nous menacent, avait dit le sage. Par contre, même si tu as très peur, tu ne dois jamais céder à la panique parce que ce sentiment est, pour sa part, très nuisible. La panique nous distrait des situations périlleuses que nous devons affronter et met en jeu notre sécurité et celle des autres. Cet état empêche d'entrevoir l'évolution d'une situation, car il n'est qu'une accumulation de problèmes imaginés.

– Mais comment faire, maître Sartigan, pour éviter la panique ? lui avait-il demandé.

– Il faut que ton esprit prenne le dessus sur tes émotions, lui avait répondu le maître.

Tu dois refouler profondément tes peurs pour laisser toute la place à la logique.

Amos se ressaisit un peu.

« Tout d'abord, pensa-t-il, je dois me souvenir de ce qui s'est passé… J'étais sur… sur la colline, juste en face de la vieille forteresse des béorites… Euh… je… Ah oui, Frilla… C'est cela, j'étais avec ma mère et nous écoutions le chant matinal des minotaures. L'air était frais, je me sentais très fatigué… puis Frilla s'est éloignée en me suggérant d'aller vite au lit. Mais je voulais… je voulais faire quelque chose avant de dormir… Mais quoi donc ? »

Devant les ratés de sa mémoire, un vif découragement envahit le garçon, et l'envie de hurler de colère le saisit de nouveau. Heureusement, il parvint à se contrôler et à éviter ainsi le piège de la panique.

« Ne cède pas à la peur, se répéta-t-il plusieurs fois avant de replonger dans ses souvenirs. Je dois me concentrer et trouver ce que je voulais faire avant de me mettre au lit… Je voulais… je voulais… »

Curieusement, c'est l'image de Lolya qui lui traversa l'esprit. Il la revit, blottie contre lui et impatiente de recevoir un baiser. Cette vision le réconforta, car, pour la première fois depuis qu'il avait repris conscience, Amos oublia sa paralysie et s'abandonna à la rêverie.

Grâce à ces brefs instants de bonheur, le garçon réussit à se souvenir des deux pierres de puissance que lui avait offertes son amie.

« Mais voilà ce que je voulais faire avant de dormir ! Je désirais intégrer les pierres de puissance fabriquées par Lolya. Je me rappelle maintenant ! Dès que j'ai touché les pierres, j'ai vu mes mains se pétrifier, puis mon torse et mes jambes. Oui... c'est ça... j'ai à peine eu le temps de réagir que mon cœur et mes poumons se sont aussi figés et... et... mais alors, comment se fait-il que je sois toujours en vie ? Je devrais être mort... mais suis-je mort ? »

– Tous les morts se rendent à Braha, déclara soudainement une voix qu'Amos connaissait bien. Si tu n'es pas sur le bateau de Charon, c'est que tu dois être encore vivant...

– Sartigan ?! Maître ! C'est bien vous que j'entends ?

– Non, répondit la voix, ce n'est pas ton maître qui te parle, mais si tu cherches, tu trouveras bien qui je suis...

– Vous ai-je déjà rencontré ? demanda Amos.

– Nous avons navigué ensemble...

– Mais... mais je ne vois pas... De plus, j'ai déjà navigué avec tellement de gens que...

– Alors, laisse-moi te donner un indice, fit la voix. Il existe cinq éléments, et chacun de mes frères en représente un, tout comme moi. Magnus est l'eau ; Markus, la terre ; Morkus, le feu ; et Mikus, l'air. Moi, je suis l'éther.

– Mékus Grumson !

– Oui… et grâce à moi, il te sera possible de varier tes sorts et d'entrecroiser les éléments ! Comme je te l'ai déjà dit, c'est l'éther qui unit l'eau et la terre pour créer la boue ; il fusionne le feu et l'eau pour constituer la vapeur ; il combine l'air à la terre pour former la poussière et ainsi de suite, à l'infini.

– Mais… mais je ne comprends pas… Comme je ne possède pas encore toutes les pierres de mes masques de puissance, je suis dans l'impossibilité d'acquérir le masque de l'éther, non ? Et… et que fais-tu donc ici, Mékus ?

– Tu es prêt, Amos. Aujourd'hui, ton voyage commence…

5
La résurrection

Sans se douter qu'Amos vivait aussi une douloureuse expérience de son côté, Lolya se réveilla complètement paralysée. Contrairement à son ami, elle put se remettre à respirer, mais ses poumons la firent d'abord horriblement souffrir. La jeune fille eut l'impression que du feu lui parcourait toute la poitrine. Autour d'elle régnait un profond silence et l'opacité des ténèbres l'empêchait de distinguer l'endroit où elle se trouvait.

– Y aaa queeel…

Lolya ne pouvait plus parler. Sa voix était complètement rouillée et elle avait le souffle court. Elle essaya de bouger ses bras, mais sans succès. Un incroyable picotement s'empara au même moment de ses orteils, puis parcourut lentement ses pieds, ses chevilles et ses mollets. Pompé par le cœur, son sang recommençait à irriguer les membres de son corps en réveillant un à un ses muscles endormis.

– Y a quelqu'un ? réussit-elle enfin à souffler faiblement en essayant de percer les ténèbres. Quelqu'un m'entend ?

La jeune Noire n'eut que le silence comme réponse.

Après plusieurs longues minutes d'effort pour essayer de reprendre le contrôle de son corps, Lolya arriva à bouger un doigt. Puis, rapidement, elle parvint à réveiller aussi ses mains et ses bras. Toujours dans l'obscurité, elle tâtonna maladroitement autour d'elle et reconnut la texture rugueuse du bois.

« Mais où suis-je donc ? se demanda-t-elle en continuant son investigation tactile. On dirait que je suis enfermée dans… dans une grande boîte de bois ! C'est étrange… Cela me donne l'impression d'être dans un cercueil comme ceux que font les béorites pour enterrer leurs morts… »

En prononçant ces mots, Lolya comprit dans un éclair ce qui lui était arrivé. Son esprit lui repassa en rafales les derniers moments de sa vie. Elle vécut de nouveau la scène du baiser raté sur la plage d'Upsgran, puis elle ressentit la même déchirure que lorsqu'elle avait trouvé Amos pétrifié près de la vieille forteresse. Son cœur se brisa de nouveau à l'idée que les pierres de puissance dont elle était si fière avaient pétrifié son amoureux. Le désespoir l'envahit encore avec la même intensité lorsqu'elle se revit abandonner volontairement la dague de Baal derrière elle afin d'en finir avec la vie.

La jeune nécromancienne avait perdu Amos, la personne à laquelle elle tenait le plus au monde, et elle s'était rendue responsable de son drame. Sa douleur avait été si intense qu'elle était vite devenue insupportable et elle avait eu la nette impression qu'elle ne s'en remettrait jamais, que sa souffrance n'aurait pas de fin. C'était pour cette raison qu'elle avait consciemment lancé sa dague dans le couloir de la forteresse avant de s'enfermer dans son laboratoire. Malgré les supplications d'Aylol, elle avait commis l'irréparable. Sa mort avait été très douloureuse et ce n'était que maintenant, emprisonnée dans un cercueil de bois, qu'elle mesurait la gravité de son geste.

De grosses larmes lui inondèrent le visage.

« Je t'ai laissé tomber, Amos, sanglota-t-elle. Tu avais confiance en moi et je t'ai abandonné. Pardonne-moi, mon bel amour, d'avoir été si faible et de m'être laissée aller au découragement… Tu avais besoin de moi pour te sortir du pétrin et, au lieu de travailler jusqu'à mon dernier souffle pour te redonner vie, je me suis égoïstement abandonnée au désespoir... Me pardonneras-tu, Amos? Pardonneras-tu ma faiblesse?»

– AH! FERME-LA! TU VAS ME FAIRE VOMIR!

– Aylol? s'étonna Lolya en essuyant ses larmes. Tu es là? Tu es ici avec moi?

– Oui, je suis là! grogna la dague des Enfers. Je suis sous ta fesse droite... Tu m'écrases! Bouge-toi ou je te pique!

– Attends..., répondit la jeune fille en essayant de dégager l'arme. Voilà! Tu vas mieux maintenant?

– Pff! fit Aylol, de mauvaise humeur. Tu as bien failli nous tuer toutes les deux! Et tout ça à cause d'un garçon! Tu es vraiment lamentable, Lolya... LA-MEN-TA-BLE!

– Je vois que tu ne perds pas de temps pour cracher ton venin! lança Lolya en se raidissant. À peine réveillée et te voilà prête à m'agresser!

– Tu me dois des excuses, enchaîna Aylol sans relever le commentaire. Tu m'as abandonnée, moi aussi! Tu m'as lâchement sacrifiée pour satisfaire ton désespoir... Tu n'as pas pensé à moi une seule seconde... Ce n'est pas ma faute si ton petit amoureux s'est pétrifié en essayant d'intégrer tes pierres de puissance!

Bien entendu, la dague se garda bien d'avouer à Lolya que c'était probablement l'excès de poudre de mandragore qui avait rendu les pierres surpuissantes et pétrifié Amos. En réalité, Aylol était la véritable responsable du drame qu'avait vécu Upsgran au lendemain de la fête de son enfant chéri.

– Alors? insista la dague de Baal. Tu ne dis rien? Tu as l'intention de rester silencieuse encore longtemps?

Lolya essuya d'autres larmes.

– J'attends toujours…

– Très bien, reconnut la jeune Noire. Tu as raison… Je te demande pardon pour ce que j'ai fait. Je n'aurais pas dû te sacrifier pour satisfaire mes intentions malsaines. Je suis… je suis désolée… vraiment.

– Bon…, répondit Aylol en feignant l'indifférence. J'accepte tes excuses, mais ne recommence jamais! Tu as bien compris?

– Oui, j'ai compris…, soupira Lolya. Maintenant, si tu veux m'aider, j'aimerais beaucoup sortir d'ici!

– On nous a enterrées, c'est bien ça?

– Je crois bien que oui…

– Bande de barbares! s'écria la dague, emportée par sa position de force sur Lolya. Quelle stupide habitude d'enterrer les gens une fois qu'ils sont morts!

– Mais quoi! s'exclama la jeune Noire. Tu aimerais mieux qu'on les empile à l'entrée des villes et qu'on les laisse se dessécher au soleil? Estime-toi chanceuse que personne n'ait eu la bonne idée de nous brûler!

– Oui… bon… je…, balbutia Aylol. Premièrement, sortons d'ici, nous discuterons de cela plus tard!

***

Sous les recommandations de Béorf et de Médousa, on avait enseveli le corps de Lolya tout près de la vieille forteresse des béorites. Les funérailles avaient été brèves, car chacun souhaitait, sans trop y croire, une rapide résurrection. Puis les fées et les minotaures avaient quitté Upsgran pour leurs contrées respectives et avaient été suivis, quelques jours plus tard, par les kelpies, les luricans, les rois vikings et, finalement, tous les autres invités. Seule l'armée de Junos était demeurée sur place afin de poursuivre l'enquête. Le nouveau souverain du royaume des quinze avait promis d'envoyer à chacun, à l'aide de pigeons voyageurs, la moindre information au sujet de l'état de santé d'Amos. La fête d'anniversaire qui avait si bien débuté s'était terminée en queue de poisson et c'est le cœur gros que tous les invités avaient plié bagage en espérant toutefois que la solution se trouve, comme le leur avaient dit Béorf et Médousa, au-delà des montagnes de l'Hyperborée.

Le soleil avait fait place à la lune et, comme toutes les nuits depuis l'enterrement de leur amie, Béorf et Médousa veillaient près d'un feu de camp, juste à côté de la tombe de Lolya. La gorgone était blottie contre le corps poilu du béorite qui, pour éviter qu'elle ne prenne froid, avait presque entièrement repris sa forme d'ours.

– Je suis si triste…, soupira Médousa en essuyant ses larmes. Je n'aurais jamais cru qu'une chose aussi horrible pouvait arriver à Amos et à Lolya. Heureusement que tu es là…

– Je suis content de t'avoir aussi, fit Béorf, également éprouvé par les événements. Si tu n'étais pas là pour m'accompagner dans cette épreuve, je… Tu sais, Médousa, je n'ai personne d'autre que vous quatre dans la vie… Mes amis sont ma famille…

– Tout comme moi, Béorf! Tout comme moi…

Un long silence s'immisça entre eux jusqu'à ce qu'une rafale de vent fasse grelotter la gorgone.

– Veux-tu que j'ajoute du bois? demanda Béorf. Tes mains sont glacées…

– Non, ça va… Ce n'était qu'un frisson, je ne sens déjà plus le froid. Je m'adapte si vite aux changements de température.

– C'est comme tu voudras…

– Tu sais, dit timidement Médousa, parfois je… je te traite de tête de noix, mais, en réalité, je ne crois pas que tu sois bête… Pour dire vrai, je trouve que tu as beaucoup plus d'esprit que moi et, surtout, beaucoup plus de cœur.

– Plus de cœur? Justement, il est tout à toi, mon cœur, répondit Béorf sans la moindre hésitation. Depuis le jour de notre première rencontre à Bratel-la-Grande…

– Oh! Béorf! Je te dois tellement… J'aimerais pouvoir te rendre un jour tout ce que tu as fait pour moi…

– Comme c'est toi qui abordes le sujet, répliqua le gros garçon avec un sourire plein de malice, tu pourrais commencer par cesser de croquer dans les cafards et les araignées! Ensuite, nous travaillerons sur ton attitude générale! Je crois que nous en aurons pour de longues années avant de faire de toi une gorgone respectable…

– Va au diable, tête de noix! lança la gorgone en s'esclaffant et en lui donnant un bon coup de poing sur l'épaule. Je ne te parlerai plus jamais!

– Des promesses… encore des promesses !
blagua Béorf en riant à son tour.

Médousa poussa alors le béorite pour le faire
tomber à la renverse, mais elle cessa rapidement
ses taquineries devant le changement soudain
d'attitude de son ami. Béorf s'était immobilisé
et fixait en silence la tombe de Lolya.

– Que se passe-t-il ? s'inquiéta la gorgone.

– Regarde…, murmura Béorf en pointant
le doigt vers le sol. On dirait que le sable
bouge… là… juste là au-dessus de…

– Mais oui ! s'écria Médousa. On dirait
que… que… c'est comme si…

La gorgone n'eut pas le temps de finir sa
phrase que, tout à coup, une main surgit de la
terre. Les deux amis poussèrent un cri d'effroi
et reculèrent de quelques pas. À la lueur du
feu, ils regardèrent attentivement la main
replonger dans le sol et en ressortir armée
d'une dague. La main tenta à quelques reprises
de planter l'arme dans la terre, puis elle réussit
finalement à se donner un point d'ancrage
solide. C'est alors qu'une tête de monstre,
affreusement poilue, émergea de la terre.
Hirsute, la bête ne semblait pas avoir d'yeux,
de bouche, ni même d'orifices pour respirer.
Du poil, il n'y avait que du poil !

– À l'aide…, prononça faiblement une voix
en provenance de la créature. À l'aiiiiide…

– Qu'est-ce que c'est? demanda Béorf, apeuré.

– Je ne sais pas… On dirait… on dirait Lolya toute décoiffée!

– Cette chose… c'est Lolya?!

Médousa avait vu juste, il s'agissait bien de Lolya qui, ébouriffée et boueuse, essayait de sortir de sa tombe. Le corps toujours enseveli, la jeune Noire aperçut à travers sa chevelure ses deux amis figés. Ils étaient là, l'un près de l'autre, à l'observer sans penser à bouger pour l'aider.

– CE SERAIT TROP VOUS DEMANDER DE VOUS MAGNER LES FESSES ET DE ME DONNER UN COUP DE MAIN? cria-t-elle de toutes ses forces en recrachant de la terre.

– Il n'y a pas de doute, fit Médousa, c'est bien elle!

– Affirmatif! approuva Béorf.

– Nous ferions mieux d'y aller! continua la gorgone.

– C'est ce que j'allais te proposer! dit le gros garçon en s'élançant vers son amie.

Béorf saisit à deux mains l'un des bras de Lolya et, en un instant, il la tira de sa mauvaise posture. La jeune Noire demeura d'abord la face contre terre, puis elle prit plusieurs grandes respirations.

– AAAAAH! s'écria-t-elle, les yeux mi-clos. Que c'est bon d'être en vie!

– Je t'aide à te relever, Lolya ? lui demanda Médousa en s'accroupissant près d'elle.

– Non… pas tout de suite… Je ne me sens pas encore la force de… de me tenir debout. Mais tu peux m'aider à m'asseoir.

– Quelle odeur ! s'exclama Béorf en se pinçant le nez. On dirait le relent d'un…

– … d'un cadavre, oui…, termina Lolya. C'est moi qui empeste… Dans le cercueil, c'était encore plus insupportable !

– Mais comment as-tu pu réussir à sortir de là ? la questionna enfin Béorf. Nous attendions la pleine lune de demain pour te déterrer… En fait, nous t'avons interrogée quand tu étais morte et tu nous as dit que… qu'il fallait attendre la pleine lune… et que…

– QUOI ? fit Lolya. Vous avez pratiqué un rituel d'interrogation sur moi ?

– Nous discuterons de tout cela plus tard, répondit la gorgone. Je… je suis tellement heureuse de te retrouver, Lolya !

– Moi aussi, je suis heureuse, mes amis… Et je suis si désolée pour…

Honteuse, Lolya baissa la tête et se cacha le visage dans ses mains.

– J'ai agi sans réfléchir, soupira-t-elle. J'aurais dû demander de l'aide avant d'en finir avec… avec ma vie. Pardonnez-moi, vous savez… c'est ma faute si Amos est… est…

La jeune Noire éclata en sanglots. Tout naturellement, Béorf s'approcha d'elle et la prit tendrement dans ses bras pour la consoler. Lolya pleura encore sans retenue pendant de longues minutes.

– Sois tranquille. Nous savons comment aider Amos, lui murmura-t-il à l'oreille. La solution est dans les montagnes de l'Hyperborée… Il ne manquait plus que toi pour partir!

6
La fourche

Amos marchait en compagnie de Mékus Grumson qui portait une lourde bure de moire brune et qui s'appuyait sur un long bâton de marche. Autour d'eux s'étendait une grande forêt de pins gigantesques où régnait un silence absolu. Pas un seul oiseau dans les arbres, pas de vent dans les branchages, pas même une seule brindille, au sol, à faire craquer d'un coup de talon. Un large sentier s'ouvrait devant eux, d'où il était possible de voir, sur la gauche, un immense lac.

Le jeune porteur de masques se demanda soudainement depuis combien de temps il pouvait bien marcher ainsi. Il n'avait pas souvenir d'avoir entamé une promenade avec Mékus ni même de l'endroit où ils se rendaient ainsi. Toutefois, il se rappela vaguement avoir été transformé en pierre, puis avoir ressenti une terreur hors du commun à l'idée de ne plus jamais être capable de bouger.

— Mais où sommes-nous? demanda enfin Amos.

— Je ne sais pas, Amos, lui répondit Mékus avec un large sourire. C'est toi qui as créé ceci, pas moi! Tu devrais connaître la réponse…

— Ah oui! s'exclama le garçon. J'ai beaucoup de goût alors…

— Je te retourne la question: où sommes-nous, Amos?

— Je crois que nous sommes sur le chemin de ma vie, finit par répondre le porteur de masques après réflexion. Comme cette route, ma voie est toute tracée devant moi et j'avance, confiant, vers l'avenir.

— C'est une bonne analyse, le complimenta Mékus, toujours souriant. Écoute, Amos, le masque de l'éther n'est pas un objet matériel comme l'étaient tes autres masques. Sache qu'il est d'ordre spirituel et ne se trouve qu'à l'intérieur d'un porteur de masques. Sur notre route, tu devras prendre les bonnes décisions et faire les bons choix pour réussir à l'atteindre…

— Seras-tu mon guide, Mékus?

— Attention, je serai bien plus que cela, Amos! Je serai ton guide, ton juge, mais aussi ton bourreau si tu prends les mauvaises décisions. C'est moi qui détiens les clés des puissances de l'éther et, malgré notre amitié, je ne te ferai pas de cadeau. Rappelle-toi ceci, Amos: c'est ce que nous vivrons ensemble, au cours de ce voyage, qui déterminera ton avenir…

Tout en avançant dans la forêt, Mékus Grumson expliqua que la force qui anime les humains est un mélange de trois niveaux d'énergie ayant chacun sa densité propre. Amos avait atteint aujourd'hui le degré le plus avancé des trois types d'énergie. Il marchait dans l'univers de son corps spirituel.

– Il s'agit d'un lieu en dehors du temps et de l'espace, précisa Mékus. Il s'agit d'un monde qui existe à l'intérieur de toi et où tu ne peux pas mourir. Même si ton corps physique est prisonnier de la pierre et que tes énergies mentales se trouvent, de ce fait, elles aussi paralysées, tu es toujours vivant, ici, dans ton corps spirituel. Et c'est dans ce monde, cet univers intérieur, que je te soumettrai des épreuves qui détermineront si tu mérites d'acquérir le masque de l'éther.

– Je vois, dit Amos en réfléchissant. En somme, je dois réussir toutes les épreuves pour avoir droit aux forces de l'éther… mais si j'échoue?

– Ta situation est périlleuse, car il n'y a que par l'éther que tu peux retrouver ton corps physique.

– Alors, si j'échoue, je demeurerai à jamais prisonnier de la pierre?

– J'ai bien peur que oui…, lui confirma Mékus. Ton avenir t'appartient, mon garçon…

– Je comprends. Mais, dis-moi, qu'est-ce que l'éther au juste? demanda Amos.

Mékus lui expliqua encore que dans chaque être coule une énergie silencieuse et pure, comparable à un cours d'eau. Tout ce qui vit, les plantes aussi bien que les animaux et toutes les créatures du monde est relié à cette source qui coule également dans les veines de la Dame blanche. L'éther est cette énergie inépuisable qui lie le monde physique des vivants.

– Rares sont ceux qui y ont accès, continua Mékus. L'élément qui maintient l'organisation du monde ne doit jamais être utilisé de mauvaise façon. Il doit servir à l'équilibre de la vie et être manié avec une infinie délicatesse. C'est pourquoi je dois te soumettre à des épreuves afin de m'assurer de tes qualités de cœur et d'esprit… La cohésion du monde est en jeu!

– Je comprends mieux, fit le garçon. Et je me sens confiant, car je sais que Sartigan m'a bien formé… Je me sens prêt à tout.

– Alors, commençons tout de suite si tu veux bien, dit Mékus en désignant à Amos une fourche du sentier. Ton chemin de vie se divise ici. De quel côté allons-nous?

Amos constata que son chemin se divisait effectivement en deux branches. Du côté droit, la voie était encore large et bien découpée dans le paysage, alors que celle de gauche, plus étroite et rocailleuse, semblait se perdre dans la forêt.

Le garçon se gratta la tête.

– Je crois que… que…, hésita-t-il avant de répondre, je crois que je vais prendre à gauche !

– Mais pourquoi donc ? Ne vois-tu pas que la voie est plus facile à droite et beaucoup moins accidentée ? Dans la voie de gauche, tu risques de tomber et peut-être même de t'égarer !

– Sartigan m'a enseigné à me méfier des apparences et à choisir autant que possible les chemins les moins fréquentés. Au fil du temps, ces histoires m'ont fait comprendre qu'il faut bien calculer les risques qu'on prend dans la vie et qu'il ne faut pas craindre les difficultés. Si je tombe dans le chemin de gauche, eh bien, je me relèverai, et si je me perds, je reviendrai sur mes pas, c'est tout ! Les épreuves me rendront plus fort et plus adroit ! Mais il se peut aussi que je ne tombe pas et que je ne me perde pas sur cette route. Si c'est le cas, je découvrirai des lieux que personne n'a jamais vus et des paysages que moi seul connaîtrai. Le jeu n'en vaut-il pas la chandelle ?

– Bien. Très bien, jeune homme. Tu as appris à voir plus loin que les apparences, déclara Mékus, et c'est précisément pour cette raison que tu viens de réussir ta première épreuve. Les chemins faciles ne sont pas toujours ceux qui mènent au succès…

– Dans ce cas, s'amusa Amos, dépêchons-nous de le prendre! J'ai hâte d'affronter ma deuxième épreuve!

– Tu es enthousiaste à l'idée d'affronter des épreuves? demanda Mékus.

– Non, rectifia le garçon, je suis enthousiaste à l'idée de vivre une excitante aventure!

– Eh bien, passe devant! fit l'élémental, tout souriant, en lui cédant le passage. Ce sera une belle aventure!

***

– Nous y voilà! lança Béorf en débarquant de la flagolfière. Les montagnes de l'Hyperborée sont droit devant!

Après la singulière résurrection de Lolya, les chevaliers avaient soigneusement installé la statue d'Amos dans l'engin volant de Flag afin de le conduire avec toute l'équipe vers les hautes terres de l'Est. Comme la jeune nécromancienne avait déclaré à Médousa, au cours de son interrogatoire, que la solution, pour sauver Amos, se trouvait au-delà des dangereuses contrées de l'Hyperborée, Béorf avait insisté pour suivre ses deux amies afin de les assister.

C'est ainsi que l'hommanimal, la gorgone et la nécromancienne descendirent de la nacelle avec tout le matériel nécessaire pour entreprendre une longue expédition. Tentes, nourriture, armes et armures, matériel de premiers soins, lanternes et chandelles furent rangés dans une charrette à l'intérieur de laquelle on attacha aussi solidement la statue d'Amos.

– Je suis inquiet de vous laisser ainsi ! dit Flag en déchargeant les dernières provisions.

– Ne crains rien ! le rassura Béorf. Nous en avons vu d'autres depuis que nous connaissons Amos…

– Mais nous pourrrions surrrvoler les montagnes, insista le lurican. Ce serrrait beaucoup moins dangerrreux pourrr vous !

– Nous en avons déjà parlé, mon ami, trancha le gros garçon. Nous devons faire ce voyage à pied afin d'être en contact direct avec les gens ou les indices qui pourraient nous permettre de trouver le moyen de ramener Amos à son état normal.

– Oui, mais les hommes de Junos ont prrroposé de vous accompagner afin de vous…

– Justement, argumenta Béorf, en terre inconnue, il vaut mieux voyager incognito, en petit groupe seulement…

– Et Maelstrrröm! le supplia presque Flag. Il était si peiné de ne pas vous suivrrre! Nous pouvons toujourrrs lui demander de…

– Voyager avec un dragon attire l'attention, Flag! s'exclama Médousa. Dans cette expédition, nous devons nous fondre dans le paysage et espérer ne pas être remarqués.

– Je suis d'accord avec eux, renchérit Lolya. Nous ne savons pas encore ce que nous cherchons ni sur qui nous pourrions tomber. Même si Maelström est doux comme un agneau, il n'en reste pas moins qu'il est un dragon! Une bête volante qui crache du feu attire inévitablement l'attention!

– Bon, d'accorrrd! râla Flag. Et Gungnirrr? Tu aurrrais pu au moins apporrrter ta lance, Béorrrf, non?

– Gungnir est une arme qui doit servir à protéger le peuple viking et ne doit, en aucune façon, servir mes intérêts personnels, expliqua le gros garçon. La lance avait sa place durant notre voyage pour retrouver la toison d'or, car Barthélémy menaçait l'ordre et la paix de mon peuple. Ici, Gungnir ne serait pas à sa place. Il s'agit d'une quête personnelle pour aider un ami…

– BAH! Vos prrrincipes sont aussi foirrreux que ceux de Sarrrtigan! se fâcha Flag en s'apprêtant à décoller. Je vous souhaite tout de même bonne chance.

– Merci de nous avoir accompagnés jusqu'ici! lança Lolya en l'embrassant sur la joue. Nous serons très prudents.

– Merci pour tout, mon beau lurican barbu! enchaîna Médousa en lui donnant à son tour un baiser sur l'autre joue.

– Merci, Flag, pour…, dit Béorf en s'avançant vers lui.

– Ne t'avise pas de m'embrrrasser, toi! s'écria le lurican en riant. Ça va pourrr les filles, mais pourrr les ourrrs mal léchés, oh non! merrrci! À bientôt, mes amis! Attention à vous et… et rrramenez-nous Amos en chairrr et en os!

Il détacha la dernière amarre de son ballon et s'éleva lentement dans les airs en abandonnant ses amis au pied des montagnes de l'Hyperborée. Béorf, Lolya et Médousa le regardèrent décoller avec un pincement au cœur. Leur expédition allait être plus périlleuse sans l'aide d'Amos pour les guider. Sans lui, il leur faudrait une bonne dose de courage pour traverser ces contrées hostiles, cette chaîne de montagnes au sujet de laquelle les légendes racontaient d'horribles choses. On disait qu'elle était un repère de nagas et de créatures encore plus dangereuses. De nombreux chevaliers avaient parlé de leur rencontre avec un gigantesque monstre assoiffé de sang, capable de mettre à genoux la plus aguerrie des armées. Il y avait aussi des rumeurs de spectres et d'âmes en peine qui, toutes les nuits, hurlaient de douleur et de désespoir.

– Nous voilà bien seuls…, dit Médousa, soucieuse.

– Et personne ne viendra nous aider si les choses tournent mal, ajouta Lolya en déglutissant.

– Alors, vous croyez aux histoires qui courent sur ces montagnes? demanda Béorf en balayant l'horizon du regard. Elles ont pourtant l'air assez calme!

– Quand j'étais petite, répondit Lolya, mon père me racontait des histoires terribles sur des femmes à la chevelure de serpents… Je n'aurais jamais imaginé qu'un jour une de ces créatures de cauchemar deviendrait ma meilleure amie!

– J'en déduis que les légendes ne sont peut-être pas si véridiques! fit Médousa en rigolant. Allez! courage! Ensemble, nous avons déjà traversé tellement d'épreuves…

– … que ce ne sont pas ces montagnes qui vont nous faire peur! continua Béorf. Je suis bien d'accord, mais, sans Amos, ce sera une autre histoire. Enfin, nous verrons bien!

Le béorite, prêt à prendre la route, s'empara des brancards de la charrette et poussa quelques cris d'âne.

– Je crois que c'est le signal de départ! dit Médousa en se plaçant derrière la charrette. C'est toi qui ouvres la piste, Lolya. Nous changerons de position lorsque je serai fatiguée de pousser.

– Très bien! acquiesça la nécromancienne. Quelle direction prenons-nous?

– Celle qui te plaira! lança Béorf. Suis ton instinct!

– Très bien…

Devant elle, Lolya remarqua une piste qui se divisait en deux. Du côté droit, la voie contournait la montagne, alors que celle de gauche semblait se diriger vers d'abruptes falaises.

– Prenons le chemin le plus facile, décida Lolya. Allons à droite!

Tous d'accord, les trois amis se mirent en route en suivant la voie qu'Amos aurait sans doute évitée.

7
Les kannerezed-noz

– Regardez ! Nous pourrions nous installer là-bas pour la nuit ! suggéra Lolya en pointant du doigt une vallée où s'agitait une petite rivière.

La première journée du voyage s'était déroulée sans incident et, malgré l'état lamentable de la route, les jeunes aventuriers avaient réussi à parcourir une bonne distance. Béorf, toujours entre les brancards de la charrette, avait les muscles endoloris, mais conservait un excellent moral.

– C'est une très bonne idée, déclara Médousa. Pas trop fatigué, Béorf ?

– Ça va ! lança-t-il, un peu essoufflé. J'ai mal au dos… et… et… aux jambes…

– Mais peux-tu te rendre jusqu'à la vallée ? s'informa la gorgone.

– Oui…, répondit-il. Ce sera parfait pour… pour établir notre campement. Je pourrais même prendre… prendre un bon bain dans la rivière !

– Dans ce cas, se réjouit Lolya, allons-y promptement! Je suis fatiguée de marcher…

Les montagnes de l'Hyperborée n'offraient pas aux aventuriers qui les exploraient des reliefs très hospitaliers. Le sol était rocailleux et la végétation, presque inexistante. De hautes herbes, souvent jaunies par le soleil et le manque d'eau, poussaient çà et là, accentuant la désolation du paysage. L'arrivée des nagas en ces lieux avait complètement bouleversé le fragile équilibre écologique des montagnes, et la construction de leur grande cité, Bhogavati, avait épuisé toutes les ressources naturelles de l'endroit. Autrefois, ces montagnes étaient le lieu de prédilection de la chasse aux fauves, mais il ne restait plus de cette glorieuse époque que la poussière des squelettes de lions et de tigres dont les peaux élimées couvraient maintenant les planchers royaux de la cité. Chacals et lynx hantaient toujours les vallées où, parfois, quelques rarissimes groupes d'antilopes venaient s'abreuver aux boueuses rivières. Heureusement, il y avait encore des oiseaux dans ces paysages arides. Des perdrix, des fauvettes, des faisans ou des cailles à la recherche d'insectes à gober grouillaient souvent entre les herbes et les rochers. Béorf les avait vite remarqués et avait été très soulagé de constater que, advenant un manque de provisions, son estomac pourrait être chaque jour rassasié.

– Nous voilà arrivés! s'exclama Lolya en s'assoyant lourdement sur une grosse roche. Ouf! je ne suis pas mécontente que nous nous arrêtions pour la nuit.

– Je me croyais plus en forme, moi! lança Médousa en s'installant près de son amie. C'est vraiment épuisant, une bonne journée de marche…

– Quelqu'un pourrait venir m'aider?! s'écria Béorf. Mes mains sont paralysées sur les brancards… Je les ai tellement serrées que je ne suis plus capable de bouger un seul doigt!

– J'y vais! soupira la gorgone en se relevant péniblement.

– Regarde dans mes affaires, Médousa, il y a une crème à base de plantes qui est un excellent relaxant musculaire. Elle est dans un pot bleu avec un large rebord. Tu pourras lui enduire les mains de cette préparation…

– Merci, Lolya! dit Béorf, ravi.

– De rien, répondit la nécromancienne. Après, je m'en enduirai les jambes…

– Pardon, madame, fit une voix de femme plus loin derrière Lolya. Voudriez-vous m'aider à tordre mon linge?

La jeune Noire sursauta et poussa un petit cri aigu. Tout près, Béorf et Médousa tournèrent la tête en direction de leur amie et aperçurent une femme qui s'approchait de leur campement. Elle devait avoir une cinquantaine d'années et tenait dans ses mains un drap mouillé. Ses habits rappelaient ceux des vieilles paysannes qu'on voyait parfois sur les très anciennes toiles de Bratel-la-Grande.

– Pardon, madame, répéta-t-elle en s'approchant encore un peu plus de la jeune fille, voudriez-vous m'aider à tordre mon linge?

– Dis à tes amis de foutre le camp! ordonna tout à coup la dague de Baal à Lolya.

– Mais pourquoi? chuchota-t-elle afin de ne pas avoir l'air de parler seule.

– Je t'expliquerai plus tard! trancha la dague. S'ils ne sont pas partis dans les prochaines secondes, je ne donne pas cher de leur peau!

Sans attendre une seconde de plus, Lolya se retourna vers ses amis et les exhorta à vite déguerpir.

– JE M'OCCUPE D'ELLES! FOUTEZ LE CAMP TOUS LES DEUX! cria la nécromancienne aux abois.

Béorf remarqua alors que des dizaines de femmes, presque toutes identiques et portant des corbeilles de vêtements souillés, avançaient lentement vers eux. Tout de suite, Médousa sauta sur le dos de Béorf qui se transforma en ours. La cavalière et sa monture galopèrent à toute vitesse vers la montagne en frôlant quelques jupes et plusieurs paniers de linge.

– PARDON, MADAME! insista encore la femme. J'ai besoin d'aide pour tordre mon linge!

– Que dois-je faire, Aylol?

– Ta seule chance de survie est d'invoquer l'invisibilité pour que les spectres ne te voient plus! lui répondit prestement la dague.

– Ce sont des spectres?! s'étonna Lolya.

C'est ce moment que le soleil choisit pour disparaître derrière les montagnes. Une ombre gigantesque recouvrit instantanément la vallée en dévoilant la véritable nature de ces étranges lavandières. En moins d'une seconde, elles étaient devenues des squelettes aux yeux globuleux. D'une maigreur effrayante, ces femmes avaient d'impressionnantes dents carrées et des cheveux épars. Elles marchaient vers Lolya en poussant de petits ricanements sadiques. Dans leurs paniers, on pouvait maintenant apercevoir des vêtements maculés de sang, des draps couverts de moisissures et de grands linceuls troués.

La nécromancienne comprit qu'il lui fallait agir avant que la situation ne tourne à son désavantage. Suivant les conseils d'Aylol, Lolya dessina autour d'elle un cercle dans le sable. Elle prononça ensuite quelques paroles sacrées qui lui permirent de se soustraire au regard des spectres. La dague de Baal insuffla au sort de la jeune sorcière une énergie si puissante que son corps devint translucide et vaporeux.

Devant ce fait surprenant, les lavandières eurent d'abord un mouvement de recul avant de reprendre leur lente marche jusqu'à l'endroit où leur proie avait disparu. Elles firent le tour du cercle magique en observant partout autour et reprirent finalement le mouvement, mais vers la rivière cette fois. Jamais elles ne détectèrent la présence de la jeune nécromancienne qui, pourtant en plein milieu de leur groupe, retenait sa respiration afin qu'on ne la remarque pas.

– Ouf! nous l'avons échappé belle! souffla la dague lorsque les spectres furent à bonne distance. Et il était moins une pour tes amis!

– Mais qui sont ces femmes? murmura Lolya sans oser quitter la sécurité de son immobilité.

– Ce sont les kannerezed-noz, répondit Aylol. Il s'agit d'une race de spectres particu-lièrement sauvage connue du plus profond des Enfers jusqu'au sommet d'Yggdrasil, l'arbre cosmique des Vikings. Elles apparaissent toujours près d'un pont ou d'un cours d'eau où elles lavent les vêtements des vivants qui doivent mourir bientôt et les linceuls dans lesquels ils seront alors ensevelis. Seuls les jeunes enfants qui n'ont pas encore de religion et les mères de famille sont immunisés contre leurs pouvoirs.

– Et pourquoi seulement les mères de famille?

– Parce que les kannerezed-noz sont des femmes damnées pour avoir commis le pire des crimes, répondit la dague. Ce sont des infanticides, des tueuses d'enfants... Elles ne supportent pas le regard des bonnes mères.

– Je vois..., fit Lolya en déglutissant.

– Si elles avaient mis la main sur toi ou sur un de tes amis, continua Aylol, elles vous auraient torturés pendant des jours entiers. Ces femmes ont été initiées aux techniques de la torture par Mégère, une des Érinyes qui pratique sa science dans le Tartare, la prison des dieux.

– Je vois... et que faisons-nous maintenant?

– Tu le sais aussi bien que moi, rétorqua la dague. Tant que nous sommes dans ce cercle, nous ne risquons absolument rien. Il ne nous reste qu'à attendre ici que le jour se lève...

– Moi qui suis déjà à bout de forces, se plaignit Lolya, je vais devoir demeurer éveillée toute la nuit?

– Oui. À moins que tu ne puisses arriver à maintenir ton sort tout en dormant!

D'autres kannerezed-noz s'amenèrent à la rivière avec un chariot d'où émergeait une montagne de vêtements souillés, puis, en exécutant de lents mouvements répétitifs, elles commencèrent leur difficile besogne. Penchés au-dessus de l'eau, les spectres se mirent à pousser de longs gémissements. On aurait dit les cris de bêtes à l'agonie. Il y avait tant de désespoir dans ces voix que Lolya se sentit toute remuée. Malgré leur allure effrayante, elle eut soudainement pitié de ces femmes maudites et se prit même à les trouver touchantes.

— Pauvres créatures! soupira-t-elle. Elles hurlent de chagrin en souvenir de leurs enfants morts. Elles sont torturées par le remords de leur geste... J'aimerais tellement leur venir en aide... les consoler un peu.

— Ne t'avise pas de sortir du cercle de protection, l'avertit sérieusement Aylol. Ces garces n'attendent que ça...

— Mais comment peux-tu être insensible à ce point? lui murmura Lolya. Tu vois bien qu'elles souffrent et que leurs cris reflètent...

— Pff! fit la dague. Elles savent que tu es toujours là, tout près, et elles ne cherchent qu'à t'attendrir pour que tu te découvres!

— Tu penses vraiment que c'est une ruse? s'étonna Lolya.

– Il n'existe pas pires manipulatrices que ces monstres, assura la dague. Je vais te prouver ce que j'avance… Prends cette grosse pierre à tes pieds et lance-la hors du cercle de protection. Tu verras ensuite ce que je veux dire…

Lolya se pencha avec précaution pour ramasser la pierre. D'un geste timide, elle la lança à quelques pas, tout près de la berge où s'affairaient les lavandières. Dès que la pierre toucha le sol, les spectres se ruèrent dessus tels des fauves affamés sur une proie agonisante. Les unes par-dessus les autres, les kannerezed-noz se griffaient et se mordaient pour essayer de s'en emparer. Leurs cris de désespoir avaient fait place à des hurlements sauvages. La perspective de se mettre du sang frais sous la dent les avait rendues complètement folles.

– Voilà ce qui te serait arrivé si tu étais sortie du cercle pour les réconforter, dit Aylol. Elles t'auraient démembrée ! Ces créatures n'ont pas de regrets pour les infanticides qu'elles ont commis.

– Ouf ! je vois… Merci bien pour ta vigilance.

– Ne me remercie pas, répondit la dague. Comme nos existences sont liées, j'ai plutôt sauvé la mienne.

***

Béorf et Médousa s'étaient cachés en haut d'une des montagnes environnantes et pouvaient entendre, au loin, les lamentations des kannerezed-noz. Ils avaient trouvé refuge dans une cavité de la paroi rocheuse qui ressemblait à une grotte de béorite. Blottis l'un contre l'autre, les deux amis demeuraient aux aguets. Ils n'avaient pas l'intention de se laisser surprendre une autre fois par ces étranges femmes aux intentions belliqueuses.

– Penses-tu que Lolya s'en est sortie? s'inquiéta Médousa.

– Je ne sais pas, lui confia Béorf, mais je pense qu'elle ne nous aurait pas dit de fuir si elle n'avait pas eu un bon plan. J'ignore qui étaient ces vieilles femmes et ce qu'elles nous voulaient, mais Lolya, elle, avait probablement son idée.

– Tu as raison, fit la gorgone en essayant de se raisonner. Notre amie est une grande nécromancienne après tout! J'ai souvent tendance à oublier que sa magie est très puissante. Et j'y pense: Amos, lui?

– Amos est demeuré dans la charrette et je ne crois pas qu'il puisse lui arriver rien de pire que sa pétrification, se chagrina Béorf en pensant à son copain. Son état le protège de bien des dangers… Qui voudrait s'en prendre à une statue?

– Tu as raison… Je me rends bien compte que mes inquiétudes ne servent qu'à me troubler davantage. Je suis si fatiguée…

– Je propose que nous fassions un tour de garde pour la nuit. Tout notre matériel de camp est resté en bas, mais prenons tout de même ici quelques heures de repos. Dors, je ferai le guet.

– D'accord. Réveille-moi quand tu sentiras que le sommeil te gagne.

– Très bien… Bonne nuit, belle Médousa, dit Béorf en lui caressant la joue.

– Bonne nuit…, répondit la gorgone en souriant avant de se blottir dans les bras de son ami.

8
L'épreuve du lac

Après une longue marche sur une route difficile, Amos et Mékus débouchèrent sur un magnifique sentier menant à un grand lac où trônait un petit pavillon de thé. D'une architecture très simple, le bâtiment était construit de bois et de bambou. De la cheminée s'élevait une mince ligne de fumée, si fine qu'on aurait dit de la vapeur d'eau. Un grand jardin luxuriant où poussaient de chatoyantes plantes colorées encadrait les lieux. Il y avait aussi, à proximité de l'entrée, un carré de pierres blanches et un râteau de bois.

L'élémental balaya les lieux du regard, puis il fit signe à Amos de le suivre à travers la partie du jardin qui bordait le pavillon. Les deux voyageurs s'arrêtèrent devant un petit bassin d'eau claire où ils se lavèrent les mains et se rincèrent la bouche. Ils reprirent ensuite leur marche vers une toute petite entrée menant à l'intérieur du pavillon. Amos pénétra dans une pièce, modeste, qu'égayait une grande peinture de fleurs de lotus. Un poêle à charbon, une bouilloire en métal rutilant, un récipient d'eau, une cuillère en bois de rose, un linge blanc immaculé, quelques boîtes de thé et des bols aux couleurs miroitantes attendaient les visiteurs.

D'un geste théâtral, Mékus invita Amos à prendre place sur le sol, tout près du poêle. L'élémental exécuta ensuite plusieurs mouvements rituels et ce ne fut qu'à ce moment que le porteur de masques remarqua que son hôte avait changé de vêtements. Au lieu de sa tenue de voyage, il portait une sorte de grande robe de soie décorée de quelques symboles représentant l'eau, la terre, le feu et l'air. Ses pieds étaient drapés dans de larges tissus blancs qui avaient l'air de chaussettes rigides.

Dans le silence de l'endroit, Mékus commença par offrir une collation sucrée à son invité, puis il sortit dans le jardin et frappa cinq coups sur un gigantesque gong. Il retourna ensuite auprès d'Amos pour lui préparer un thé noir bien fort, presque opaque et très parfumé.

– Le thé est synonyme d'éveil et de conscience, commença-t-il à raconter en s'activant autour du poêle. Il est dit que l'éther s'est dévoilé pour la première fois à un homme qui, parti depuis longtemps de son village, cherchait des réponses à ses questions. Après de très longues années de recherche à arpenter les routes de son pays, il s'arrêta un jour au pied d'un grand arbre pour pleurer son désespoir. C'est alors qu'il entendit un oiseau chanter et qu'il décida de grimper à l'arbre pour aller le rejoindre. Durant son ascension, l'homme dut combattre le vertige, mais décida de ne pas rebrousser chemin. L'appel de l'oiseau était trop fort et l'attirait de plus en plus haut. C'est après une dangereuse montée qu'il parvint enfin à la cime de l'arbre pour y apercevoir un magnifique coucher de soleil. Baigné dans la lumière dorée, il s'ouvrit au monde et, de ce fait, toucha l'éther du bout des doigts. Aussitôt, toutes ses questions se transformèrent en réponses, et ses réponses, en questions. La lumière devint ombre et de l'ombre naquit la lumière. Son cœur se mit à sourire, et son sourire, à dire les mots de son cœur. Alors, sans redescendre de l'arbre, éveillé et léger, il put continuer son chemin en chevauchant quelques vents d'une sauvage sagesse. Depuis, cet arbre, qui était un théier sauvage, est vénéré dans le monde matériel, et la boisson qu'on retire de ses feuilles donne vie à l'énergie mentale. Le thé est une des manifestations concrètes de l'éther.

Sur ces dernières paroles, Mékus versa le breuvage bouillant dans le bol d'Amos et l'invita à le boire. Le porteur de masques souffla délicatement sur la boisson fumante, puis il la porta lentement à sa bouche. Dès qu'il eut avalé sa première gorgée, il se sentit apaisé et ses idées devinrent limpides comme de l'eau de source.

– Bien, dit Mékus en voyant le visage d'Amos prendre une nouvelle couleur, malgré la fatigue de notre marche, te voilà revigoré. Tu viens de goûter à une infime partie de la fabuleuse énergie de l'éther.

– Tu as raison, je me sens… comment dire?… je ressens une nouvelle vitalité!

– Tu es donc prêt pour une nouvelle épreuve, ajouta Mékus avec un sourire dans la voix.

– Oui, je suis prêt à tout! lança Amos en avalant une seconde gorgée de thé.

– Très bien, fit l'élémental, ta tâche sera simple. Sur le lac, tu apercevras un groupe d'oies sauvages en train de se baigner. En utilisant une des armes que tu trouveras sur le quai, je veux que tu rapportes ici la dépouille de l'un de ces oiseaux.

– Une simple chasse! s'étonna Amos. Je devrais m'acquitter de cette tâche sans peine.

– Ah oui! continua Mékus, tu dois me remettre l'animal avant que ton thé soit froid.

Tu n'as qu'une seule chance, car si tu rates ta première attaque, les oies s'envoleront sans que tu puisses jamais les rattraper. Ne perds pas de temps…

Sans plus attendre, Amos se leva et salua respectueusement son hôte avant de sortir du pavillon. En se dirigeant vers le lac, il remarqua tout de suite les oies qui se baignaient nonchalamment tout près de la rive.

« Eh bien ! pensa-t-il. Ce ne sera vraiment pas difficile ! »

Le garçon changea vite d'idée lorsque, en arrivant sur quai, il constata qu'aucune des armes qui se trouvaient là n'était utilisable. Les épées n'avaient pas de lames ; les lances, pas de fer ; et l'arc, pas de flèche.

« Comment vais-je arriver à tuer une de ces oies en me servant d'un manche d'épée ou d'un grand bâton de hallebarde ? C'est tout à fait impossible ! »

Déconcerté, Amos se concentra pour résoudre le problème. Mékus avait été très clair : il devait réussir à tuer un volatile en se servant de l'une des armes posées sur le quai.

« Comme je n'ai qu'une seule chance, j'aurais intérêt à ne pas me tromper… »

Le porteur de masques regarda attentivement autour de lui, puis reporta son attention sur les oies sauvages. Il demeura un long moment immobile pour réfléchir à toutes les possibilités. Soudain, la solution apparut dans son esprit. Il s'empara de l'arc.

– C'est avec cet arc sans flèche que je tuerai un de ces oiseaux, dit-il à haute voix en souriant. J'espère seulement que mon intuition est juste. ALLEZ, OUSTE, LES OIES ! PRENEZ VOTRE ENVOL !

Le cri du garçon les ayant apeurées, les oies commencèrent à s'agiter et s'élevèrent au-dessus du lac. Lorsqu'elles passèrent juste au-dessus du quai, Amos banda son arc en visant un des oiseaux et décocha une flèche imaginaire. Un « gloung ! » se fit entendre et une oie tomba morte à ses pieds. Le volatile avait été tué d'un coup, comme s'il avait reçu une vraie flèche bien placée.

Rayonnant, Amos revint au pavillon et déposa délicatement le corps de l'oie aux pieds de Mékus. Il regagna sa place près du poêle, saisit son bol de thé et en but quelques longues gorgées. Le breuvage était encore tout chaud.

– Comment as-tu réussi ce prodige ? s'informa Mékus, ravi.

– Je l'ai tuée avec l'arc, répondit Amos en soufflant sur son thé.

– Sans flèche ?

– Sans flèche ! répéta le porteur de masques.

– Il y avait plusieurs façons de résoudre ce problème, dit Mékus. Comme je ne juge pas le résultat de l'épreuve, mais plutôt sa démarche, explique-moi comment tu es parvenu à tes fins.

– En observant les oies qui nageaient sur le lac, précisa le garçon, j'ai remarqué que l'une d'elles était blessée sous l'aile, juste à l'endroit où un bon archer doit viser pour tuer à coup sûr sa proie. J'ai remarqué que l'oiseau avait du mal à utiliser son aile et qu'il semblait souffrir en pataugeant dans le lac.

– Très bien, fit Mékus, étonné, tu sais observer la vie autour de toi et tirer des faits de justes conclusions. Continue…

– J'ai eu l'intuition que cette oie avait déjà été blessée par une flèche, poursuivit le porteur de masques, et qu'elle ne supporterait pas une deuxième attaque. J'avais vu juste, car lorsqu'elle a entendu le son de l'arc, elle a eu si peur qu'elle est tombée d'elle-même. C'est ce que Sartigan appellerait «rouvrir une ancienne blessure»!

– Ta sagacité est impressionnante, Amos! le complimenta Mékus. D'instinct, tu as choisi la voie de la sagesse en décelant tout de suite la faille dans l'épreuve. Encore une fois, tu as fait le bon choix et tu as réussi avec brio à surmonter l'obstacle.

– Merci, dit modestement Amos. Je dois avouer que je suis assez fier de moi! Où allons-nous maintenant?

– Termine d'abord ton thé, tu l'as bien mérité. Ensuite, notre périple se poursuivra sur le lac.

***

– LOLYA! LOOOLYA! appela la gorgone, de plus en plus inquiète.

Béorf et Médousa étaient sortis de leur cachette dès les premières lueurs du jour. Ils s'étaient vite rendus près de la rivière, là où les étranges lavandières les avaient interpellés. Le gros garçon fut heureux de constater que tout était encore en place dans la charrette. La statue d'Amos, le matériel de voyage et, surtout, les provisions étaient en bon état. Il n'y avait plus trace de danger dans les alentours.

– LOOOLYA! hurla Médousa avec plus d'intensité.

– Je suis ici, répondit la nécromancienne en faisant un pas à l'extérieur de son cercle de protection.

Devant le regard stupéfait de ses amis, Lolya se matérialisa lentement en avançant vers eux. Son corps d'apparence vaporeuse se solidifia jusqu'à reprendre sa densité normale.

Comme la jeune Noire titubait en marchant, Béorf se précipita vers elle pour lui venir en aide. Il arriva juste à temps pour lui éviter une douloureuse chute et l'aida à regagner la charrette. Arrivée à destination, Lolya se coucha en boule à travers le matériel de voyage et s'endormit tout de suite au pied de la statue d'Amos.

– Eh bien, soupira Médousa en caressant les cheveux de son amie, je crois qu'elle vient de vivre une nuit très épuisante! Je suis si soulagée de la retrouver saine et sauve.

– Moi aussi, fit Béorf. Je vais la couvrir avec ma couverture afin qu'elle ne prenne pas froid.

– Bonne idée, approuva la gorgone en lui donnant un coup de main. Que fait-on maintenant? Vers où allons-nous?

– Je ne sais pas trop… Euh… je propose que nous mangions d'abord, cela nous aidera à avoir des idées plus claires.

– Ah oui! rétorqua Médousa en rigolant, j'avais oublié que les béorites réfléchissent avec leur estomac! Mangeons, nous discuterons ensuite…

Béorf alluma un feu et prépara un copieux petit-déjeuner. À quelques reprises, Médousa essaya de réveiller Lolya afin qu'elle mange un peu, mais celle-ci continua à ronfler.

Durant le repas, les deux amis firent le point sur la situation et décidèrent d'éviter les vallées. De toute évidence, il serait plus difficile pour le jeune béorite de tirer la charrette dans les montagnes, mais cette solution s'avérait la plus sûre. Pour s'aider dans sa tâche, Béorf se fabriqua un harnais de cordes pouvant s'ajuster facilement à sa forme animale. Ses quatre pattes d'ours lui procureraient une meilleure traction pour monter les pentes, et ses griffes lui assureraient une meilleure prise dans le sol.

C'est ainsi qu'après ces quelques ajustements, Béorf et Médousa se mirent en route en transportant leur amie endormie dans la charrette.

Lolya ne retrouva ses esprits qu'en fin de journée, alors que la voiture s'arrêtait devant les ruines d'un ancien pavillon, tout près d'un grand lac. Elle leva la tête pour voir un sentier, visiblement abandonné depuis longtemps, qui menait à travers les ronces et les mauvaises herbes à un vieux bâtiment de bois et de bambou. Une partie de la cheminée s'effondra d'un coup sous ses yeux en créant un épais nuage de poussière grise. Autour du bâtiment, il n'y avait que des arbres morts et des arbrisseaux complètement secs. Des centaines de petites pierres blanches jonchaient le sol.

– Est-ce que je rêve encore ou cet endroit est-il bien réel? demanda la nécromancienne en bâillant.

– Ce n'est pas un rêve, c'est un cauchemar! répondit Médousa en riant. Alors, tu as bien dormi?

– Comme une bûche! s'exclama la jeune Noire. Je vous raconterai ce que j'ai vécu… Ce fut atroce! J'ai dû demeurer sur mes gardes jusqu'au lever du soleil…

– Et si nous passions la nuit dans ce pavillon? proposa Béorf qui avait repris sa forme humaine.

– Allons voir… Nous déciderons ensuite! conclut Médousa.

En avançant avec précaution entre les ronces, les jeunes voyageurs découvrirent un vieux bassin où une eau sale et boueuse coulait lentement d'une fontaine presque bouchée. Les planches du pavillon craquèrent sous leurs pieds lorsqu'ils s'aventurèrent à l'intérieur. Dans l'unique pièce, Béorf remarqua une grande peinture déchirée qui devait sûrement représenter une fleur ou quelque chose de semblable. Il y avait un poêle à charbon complètement rouillé, une bouilloire de fer bosselée, des récipients troués, quelques cuillères de bois cassées, des bols émaillés et un chiffon moisi.

Mais curieusement, à travers ce fouillis, Lolya découvrit un bol de thé tiède à moitié vide et une oie sauvage morte dont le corps était encore chaud.

– Qu'est-ce que ça veut dire? demanda Béorf, sur ses gardes. Il y a peut-être quelqu'un qui demeure ici?! Nous ferions mieux de partir…

– Attends! le coupa Lolya qui humait attentivement le bol de thé. Il y a quelque chose qui me chicote.

– Quoi donc? lança Médousa.

– On dirait du thé, mais il y a quelque chose d'autre dans ce bol… Je n'arrive pas à voir… Béorf, j'ai besoin de ton nez! Ferme les yeux et dis-moi ce que tu sens.

Le gros garçon se pencha sur le bol et renifla un grand coup.

– C'est un thé de très grande qualité avec des parfums de santal et de citron, dit-il en se léchant les babines. Je peux percevoir aussi des odeurs de menthe, de vanille et de petits fruits, mais il y a aussi une autre fragrance que je n'arrive pas à percevoir… c'est… comment dire?… c'est comme si les feuilles de thé n'avaient pas bouilli dans l'eau, mais dans un autre liquide.

– C'est exactement ce que je pensais! confirma Lolya. De plus, on dirait même que… Je sais que vous allez croire que je suis folle, mais… je suis prête à jurer que c'est Amos qui a bu dans ce bol. Je sens la même énergie que…

– Lolya! l'interrompit sèchement Médousa, je te rappelle qu'Amos est dans la charrette, en statue, et qu'il ne s'est pas déplacé ici pour prendre un thé avant notre arrivée!

– Je sais que c'est dur à croire, fit Lolya, mais j'en demeure persuadée. De toute façon, je vais conserver ce liquide dans une de mes fioles, on ne sait jamais.

– Allons-nous camper ici pour la nuit? demanda Béorf qui voulait clore le sujet.

– Pourquoi pas? acquiesça Médousa. Après tout, nous avons déjà vu pire!

9
Tywyn et Borth

C'est un tremblement de terre qui réveilla Béorf au petit matin. Comme les filles dormaient encore et qu'elles semblaient n'avoir rien senti, le gros garçon pensa qu'il avait rêvé et reposa lourdement sa tête sur l'oreiller. Comme il allait sombrer de nouveau dans le sommeil, la terre trembla encore, plus intensément.

« Ce n'était pas un rêve, pensa le Béorite en chaussant ses bottes. Je vais aller voir ce qui se passe. »

À l'extérieur du pavillon, tout paraissait calme et le lac, comme un miroir, réfléchissait la faible lueur du matin. En demeurant sur ses gardes, Béorf fit quelques pas vers le quai afin de se dégager des ronces. Encore une fois, il ne remarqua rien d'anormal lorsque, soudainement, un troisième tremblement de terre le fit sursauter. La secousse fut si puissante qu'elle faillit lui faire perdre pied. Le Béorite s'agrippa à une branche afin d'éviter de se retrouver dans le lac. Aussitôt, des cris angoissés retentirent dans le pavillon.

– BÉORF! OÙ ES-TU, BÉORF? hurla Médousa en sortant du bâtiment.

– JE SUIS ICI, PRÈS DU LAC!

– QU'EST-CE QUE C'ÉTAIT? demanda Lolya qui avait rejoint la gorgone.

– JE N'EN SAIS RIEN! MAIS J'AI UN MAUVAIS PRESSENTIMENT… RANGEONS NOS AFFAIRES ET QUITTONS VITE CET ENDROIT!

De nouveau, la terre trembla avec une telle violence que le pavillon manqua s'effondrer. Sans perdre une seconde, les deux filles remballèrent leur matériel de voyage et déguerpirent en emportant le bagage de Béorf. Ils se retrouvèrent tous à la charrette où le béorite s'attela à la hâte. Comme ils allaient fuir les lieux, une masse gigantesque passa tout près d'eux en les plongeant dans l'ombre. En levant la tête pour voir ce qui leur cachait ainsi le soleil, les trois amis se figèrent dans une expression grotesque de surprise. Ils avaient devant les yeux un authentique géant.

Le monstre, qu'on aurait dit sorti tout droit des vieilles légendes de chevaliers, avait deux têtes, un ridicule maillot de fourrure à bretelles et un énorme ventre gonflé comme une flagolfière de lurican. Il avançait sur la pointe des pieds en scrutant le sol comme s'il avait perdu quelque chose. Dans sa main droite, un immense gourdin était prêt à s'abattre sur une éventuelle proie.

– Je l'ai raté quatre fois, dit l'une des têtes à l'autre, je ne le manquerai pas une cinquième fois !

– Tu es aussi bête que mauvais chasseur, Borth ! Le sanglier t'est passé entre les jambes lors de ta dernière attaque.

– Mais non, Tywyn ! Je l'aurais vu… Un sanglier, ça ne disparaît pas comme ça !

– Arrête ton cirque, triple andouille ! La chasse, ce n'est pas pour nous… Retournons à Bhogavati, les nagas nous nourriront…

– Je suis fatigué, Tywyn, de dépendre de ces couleuvres pour apaiser ma faim ! J'ai envie d'un peu d'autonomie et de liberté !

– Et pendant ce temps, Borth, nous mourons de faim… notre estomac gargouille !

– Tais-toi, Tywyn ! Je chasse le sanglier…

Pour toute réponse, Tywyn leva son poing et frappa violemment Borth au visage. Borth laissa tomber son gourdin et saisit Tywyn à la gorge. En utilisant chacun un bras, les deux têtes s'engagèrent dans un combat aussi grotesque que ridicule. Comme ils partageaient le même corps, il ne pouvait y avoir de gagnant ! En s'invectivant comme des vauriens, les deux têtes finirent par s'épuiser et par abandonner le combat. C'est à ce moment que les yeux de Borth tombèrent sur la charrette et qu'il aperçut les trois adolescents.

– Qu'est-ce qu'on fait? demanda Médousa en tâtant ses lurinettes. Je crois qu'ils nous ont vus!

– Je ne sais pas, fit Lolya en reculant d'un pas, mais il faut vite trouver quelque chose!

– Je ne peux pas me battre avec lui, murmura Béorf, toujours sous le choc de l'apparition. Il est beaucoup trop… mais beaucoup trop grand.

Le géant pencha légèrement ses têtes vers les jeunes voyageurs.

– Tu vois ce que je vois, Tywyn? demanda Borth.

– Je vois ce que tu vois, Borth! répondit Tywyn.

– Ce sont bien des humains, Tywyn?

– Je crois bien que oui, Borth! Sauf le petit crapaud vert… juste là.

– Je savais que la chasse serait bonne, Tywyn!

– Tu as eu raison d'insister pour suivre ce sanglier, Borth!

– Mais non, c'est moi qui ai insisté pour le poursuivre, Tywyn!

– Cesse de m'appeler Tywyn, Borth! Borth, c'est moi!

– Mais si tu es Borth, qui suis-je, alors?

– Tywyn! Tu es Tywyn!

– Ah bon! fit Borth qui ne comprenait jamais que, parfois, il était Borth et que, d'autres fois, il était Tywyn.

Béorf, Lolya et Médousa se rapprochèrent les uns des autres afin de pouvoir discuter à voix basse sans toutefois quitter des yeux le monstre qui bredouillait des paroles incompréhensibles en les observant.

– Nous devrions essayer de communiquer avec lui, proposa Lolya. Peut-être pourra-t-il nous aider dans notre quête.

– Je ne pense pas que ce soit une très bonne idée, répondit Béorf. De la façon dont ces têtes nous regardent, j'ai l'impression qu'elles veulent nous manger plutôt que nous aider. Médousa, tu crois pouvoir transformer ce monstre en pierre si les choses tournent mal?

– Jamais, fit la gorgone. Il est beaucoup trop gros... Mon pouvoir de pétrification est limité à des créatures de ma taille...

– Et toi, Lolya? murmura Béorf. Penses-tu pouvoir faire quelque chose pour nous sortir de cette mauvaise posture?

– J'ai beau chercher, passer tous mes sorts en revue ou penser à des potions qui pourraient nous aider, dit la nécromancienne, je ne vois rien... Et toi, Béorf, as-tu un plan?

– J'espérais qu'aucune de vous deux ne me pose cette question, car je n'ai aucune idée à soumettre, sinon de courir le plus vite possible, chacun de notre côté…

Toujours en gardant ses deux têtes et ses quatre yeux sur ses proies, le géant glissa discrètement sa main derrière son dos afin de saisir une petite bourse de cuir. En fait, il s'agissait d'un énorme sac en regard des proportions humaines.

– Les nagas seront contents de nous, Borth !

– Ils pourront s'amuser avec eux, Tywyn ! Ils manquent affreusement de distraction ces temps-ci…

– Et nous mangerons à notre faim pour quelques jours, Borth ! Ils nous nourriront comme des princes…

– Je crois qu'ils se doutent de quelque chose, Tywyn… Ils ont l'air effrayés.

– Tais-toi, Borth, tu n'as qu'à sourire et à t'approcher un peu… Je vais leur lancer mon mouchoir pour les immobiliser !

Béorf regarda nerveusement autour de lui.

– À mon signal, Lolya, tu pars vers la droite ; Médousa, à gauche ; moi, je fonce sur lui ! D'accord ?

– Parfait ! lança Médousa. On se retrouve ici ?

– Bon plan, confirma Lolya.

– C'est bien noté! s'exclama Béorf. Attention à vous, les filles : ALLONS-Y!

Tout juste avant que le géant ne lance son mouchoir sur les adolescents, Béorf prit sa forme animale et lui passa entre les jambes. La tête de Borth commanda à son corps de poursuivre le fuyard, alors que la tête de Tywyn ordonna à ses jambes de courir vers Lolya. Ces mouvements contradictoires provoquèrent la chute du géant qui s'affaissa sur le pavillon de thé en l'écrasant de tout son poids. Malheureusement pour les filles, cette nouvelle position, la face contre terre et les bras allongés, permit à Borth d'attraper Lolya et à Tywyn de saisir Médousa.

– J'en ai un, Borth!

– Moi aussi, j'en ai un, Tywyn!

– Enfermons-les vite dans la bourse de cuir et allons trouver l'autre, Borth!

– Excellente idée, Tywyn! dit Borth en se relevant. Regarde, Tywyn! Il y en a un autre, en pierre, dans la charrette, juste là!

– Nous devrions aussi l'emporter, Borth! Je crois que ça fera plaisir aux nagas, ils aiment les statues, leur ville en est pleine.

– Mettons-le dans notre coffre, Tywyn, nous l'avons laissé un peu plus loin, de l'autre côté du lac!

Lolya et Médousa furent lancées la tête la première dans le grand sac de cuir malodorant. Le choc fut si violent que la jeune Noire faillit se casser le cou. La gorgone, quant à elle, eut le souffle coupé par la brutalité de sa chute. Tombées l'une par-dessus l'autre, les filles essayèrent tant bien que mal de se trouver une position confortable, mais les mouvements constants du géant les rendaient trop instables. Coups de coude, de tête ou de genou s'enchaînaient comme si elles avaient partagé la selle d'un cheval en furie. Puis, soudain, elles éprouvèrent le déplaisant haut-le-cœur d'une chute libre avant de subir un deuxième atterrissage qui les sonna pendant de longues minutes.

– Tu es encore… vivante? demanda Médousa en respirant difficilement.

– Est-ce qu'on souffre une fois mort? dit Lolya en guise de réponse.

– Je crois bien que non…

– Alors, je suis toujours vivante. J'ai si mal à la tête, aux épaules et au dos que je ne peux pas être morte!

– Je manque… d'air… Je n'ai plus la force de… de bouger. Où sommes-nous… crois-tu?

– Je pense que le géant vient de nous déposer pour se lancer à la poursuite de Béorf, supposa Lolya. Nous aurons la paix encore quelques instants… Désolée de t'avoir écrasé le nez!

– Ce n'est pas nécessaire de t'excuser… J'ai compris que ce… que ce n'était pas intentionnel. Même chose pour… pour mes coups de genou…

– Nous sommes vraiment dans de beaux draps! Tu vois quelque chose, toi?

– Presque rien… Tu devrais essayer d'entailler le cuir avec… avec ta dague!

– Bonne idée!

Lolya s'empressa de sortir Aylol de son fourreau et de la planter dans le sac pour faire un trou. Sans qu'elle l'ait demandé, la dague de Baal devint soudainement très pointue et aiguisée. La lame se transforma afin de s'ajuster au cuir et c'est avec facilité que la nécromancienne se découpa une sortie qu'emprunta ensuite Médousa. Malgré leurs efforts pour se sortir du pétrin, les filles se rendirent vite compte qu'elles avaient été placées, avec la charrette contenant Amos, dans un immense coffre impossible, celui-là, à découper. Seule la lumière du trou de la serrure éclairait d'un mince rayon l'intérieur de la boîte.

– Que faisons-nous maintenant? demanda Médousa qui avait repris son souffle.

– Je n'en sais rien… Il faudrait que je consulte mes grimoires pour essayer de trouver un sort qui puisse nous sortir de là!

— En attendant, je peux peut-être atteindre la serrure et essayer de l'ouvrir! Je pourrai l'atteindre en montant sur les épaules d'Amos. Tu veux bien me donner un coup de main pour placer la charrette au bon endroit?

— Tout de suite!

Alors que Lolya et Médousa essayaient de trouver une façon de sortir du coffre du géant, Béorf était revenu sur ses pas et regardait le pavillon avec désolation. La charrette contenant le corps pétrifié d'Amos n'était plus là et ses deux amies avaient disparu sans laisser de traces. Même l'horrible géant à deux têtes semblait s'être envolé!

« Pense vite, Béorf! se dit le gros garçon en se rongeant les ongles. Il faut que tu trouves une piste à suivre... il faut que tu essaies de trouver une solution pour les retrouver... Euh... euh... qu'est-ce qu'Amos aurait fait à ma place? Ah là là! Il aurait tout de suite su quoi faire, lui! Bon... gardons notre calme... Je dois faire ce que Sartigan m'a enseigné... Je dois respirer profondément et éviter la panique... Si je cède à la panique, je... je... Ah! zut alors! je ne me rappelle plus... »

Perdu dans ses pensées, Béorf ne remarqua pas l'énorme main qui l'empoigna par-derrière comme un vulgaire insecte.

– Bravo, Tywyn ! Tu as été exceptionnel sur ce coup !

– Bravo à toi, Borth ! Nous avons fait du bon travail !

10
Bhogavati

La cité des nagas était immense et d'une incommensurable beauté. Les architectes s'étaient donné corps et âme afin d'en faire un bijou taillé au cœur même d'une montagne de calcaire bleu. Toute la ville avait été sculptée, dans le respect des particularités de chacune des pierres, par de talentueux artistes aux doigts de fée. De la plus petite colonne de soutien jusqu'au palais du grand Serpent XIV, roi du peuple nagas, tout avait été réalisé avec le même souci de perfection et d'harmonie. Selon le parcours du soleil qui illuminait la ville par de gigantesques puits de lumière, on pouvait voir changer les couleurs des statues de comblanchien, des habitations de tuffeau et des chemins de marbre blanc.

La ville, construite autour du palais, était divisée en quatre secteurs par de longs boulevards rectilignes. Une cinquième voie, uniquement réservée à l'élite de la cité, pénétrait directement dans la résidence royale.

Ces routes étaient accessibles de l'extérieur par cinq monumentales portes représentant de vicieux génies qui possédaient chacun neuf têtes de serpent. De ces portails, il était ensuite possible d'entrer dans un des cinq grands temples de la ville.

Le premier, Seth Wat, était sûrement le plus gigantesque de tous. Entouré de quatre murs d'enceinte, il était de la taille de la ville de Berrion et comprenait trois niveaux de salles de prière et d'offrandes. Le deuxième, Seth Sayon, était un «temple-montagne» de douze étages; le visage du dieu serpent en ornait la façade. À l'intérieur, une multitude de bas-reliefs décrivaient l'évolution du peuple des hommes-serpents jusqu'à la construction de la ville, en terre sacrée des reptiles. Le troisième, appelé Seth Prohm, avait la particularité d'être envahi par des racines géantes d'arbres colossaux où habitaient des millions de serpents de toutes les espèces. Les moines nagas de ce temple avaient la responsabilité de les nourrir et d'assurer leur bien-être. Le quatrième, le Seth Srei, était un véritable joyau de grès rose et avait été le projet de construction personnel du plus grand sculpteur nagas de l'époque. Ses ornements finement travaillés révélaient une maîtrise exceptionnelle du taillage de la pierre et offraient aux yeux une richesse de détails infinis. Le dernier, Seth Preah, était en fait un gigantesque hôpital, lui aussi luxueusement décoré, mais davantage conçu pour être pratique qu'esthétique.

C'est à l'entrée de la porte menant à Seth Wat que le géant se présenta. Borth et Tywyn demandèrent de concert à voir le général des armées afin d'offrir un présent au peuple nagas. Les gardes de la grande porte, habitués aux frasques du monstre, lui ordonnèrent immédiatement de quitter les lieux. Comme ils le menaçaient de leurs grandes lances, une voix retentit derrière eux :

– Que se passe-t-il encore ici, siii? Dois-je envoyer un bataillon de, siii, de mes meilleurs soldats pour te, siii, pour te donner une leçon, géant? Nous avons un accord, il me, siii, il me semble! Tu surveilles les alentours de la ville et, siii, et, en contrepartie, nous te nourrissons une fois par jour, siii, pas plus!

Le nouveau général des armées nagas n'avait pas la même allure que les autres habitants de la ville. Il s'agissait non pas d'un homme-serpent, mais plutôt d'un grand golem de pierre. Un homme de limon que Lolya connaissait bien et qu'Amos avait aussi connu autrefois à Bratel-la-Grande. Karmakas, cet ancien magicien qui avait fait éclore un basilic et que la jeune nécromancienne avait repêché par inadvertance des Enfers, était devenu le chef des armées de Bhogavati.

– Borth et Tywyn ont un présent qui va vous plaire! dit Borth.

– Tu as un présent pour moi, siii? s'étonna Karmakas. Alors, donne-le-moi et va t'acquitter de ta tâche, sale monstre!

Les nagas qui entouraient leur chef éclatèrent d'un rire sifflant et sadique. Ils aimaient bien voir ce pauvre géant se faire insulter et rabrouer en public. Pour eux, le vrai pouvoir consistait à écraser et à ridiculiser les autres.

– Tywyn et Borth te remettront le présent en échange de trois rations de nourriture, lança Tywyn, un peu intimidé.

– Alors, ce n'est pas un présent que tu m'apportes, siii, car un cadeau est une chose que l'on offre avec plaisir, siii, sans rien demander en retour! Ce que tu veux, grosse brute, c'est faire du commerce, siii? Tu veux, siii, m'échanger ta vulgaire marchandise contre de la nourriture?

– C'est cela! dit Borth, un peu honteux de s'être fait reprendre.

– Nous voulons manger! insista Tywyn en essayant de se donner un peu de contenance.

– Montre-moi ce que, siii, ce que tu apportes et nous verrons ensuite, siii, si je peux te faire porter quelques galettes! fit Karmakas en ricanant, au grand plaisir de ses soldats.

Le géant déposa devant lui une grande gibecière et en ressortit les trois corps bien ligotés de Béorf, de Lolya et de Médousa. Le golem, soudainement intéressé, s'approcha des trois humains qui gigotaient sur le sol et fit entendre un grand rire exubérant. Karmakas n'en croyait pas ses yeux: il avait devant lui Médousa, la jeune gorgone qui s'était rebellée contre son autorité à Bratel-la-Grande, Béorf Bromanson, l'ami fidèle d'Amos Daragon qui avait si maladroitement caché son œuf de coq et, finalement, Lolya la nécromancienne, cette sorcière qui l'avait sorti du grand hall de l'angoisse et qui avait fabriqué son nouveau corps.

Comme si cette surprise n'était pas encore assez étonnante, le géant plaça devant Karmakas le corps pétrifié de son ennemi juré, Amos Daragon, solidement attaché dans une charrette. Stupéfait, le golem s'approcha de la statue comme s'il s'agissait d'un objet sacré de grande valeur, puis, en tremblant, la toucha pour s'assurer qu'il n'était pas en train de rêver.

– C'est, siii… c'est bien lui, siii? murmura l'homme de limon comme pour s'en convaincre.

Pour chasser tout doute, Karmakas posa son pied sur la tête de Médousa en menaçant de lui réduire le crâne en bouillie.

– Dis-moi, sale petite traîtresse, siii, est-ce vraiment Amos Daragon ? Ne me raconte pas de mensonges ou, siii, ou je t'éclate la tête comme une noix, sale renégate !

– C'est lui ! s'écria Médousa, paniquée. C'est bien lui…

– Siii, je te corrige ! C'est bien lui, père ! la reprit Karmakas. Tu m'as déjà oublié, siii, petite souillon ?

C'est à ce moment que la gorgone reconnut la voix de son ancien maître, le sorcier Karmakas. Son corps n'était plus le même, mais les intonations de sa voix, sa fureur et sa méchanceté étaient parfaitement reconnaissables.

– Karma… kas ? dit la jeune gorgone du bout des lèvres.

– Bravo, siii, petite moins que rien ! lança le golem d'un ton acide. Comme on se, siii, se retrouve !… C'est tellement bon de te revoir, siii, après toutes ces années ! Te voilà dans de beaux draps, siii, jeune servante rebelle… Je te jure que je vais m'occuper de, siii, de toi… Je vais te faire payer ta, siii, ta traîtrise !

– Si vous lui faites une seule égratignure, déclara vaillamment Béorf, vous aurez affaire à moi, Karmakas !

– Tiens, tiens ! siffla le golem. Toi aussi, siii, tu m'as reconnu ?! Je suis, siii, flatté, Béorf ! Il faudra que tu m'expliques, siii, comment tu as fait pour te guérir de la pétrification de Médousa, siii ! La dernière fois que je t'ai vu, siii, tu étais comme ton copain Amos, siii, une belle statue de pierre.

– Libérez-nous ! intervint Lolya. Nous ne voulons pas vous incommoder... nous désirons poursuivre en paix notre chemin.

– Tu me fais bien rire, siii, jeune sorcière malhabile ! Tu crois peut-être que, siii, que cette situation me fait plaisir ? ironisa Karmakas. Non... j'aurais mieux aimé ne jamais vous, siii, vous revoir. Votre présence rouvre mes anciennes blessures sur, siii, sur lesquelles je dois mettre un baume ! Médousa m'a trahi et, siii, elle devra payer pour son crime. En tant que bon ami d'Amos Daragon, siii, Béorf devra lui aussi être puni, alors que toi, ton dragon a bien failli me tuer ! Une tentative de meurtre, siii, est quelque chose de grave dans cette ville...

– C'est vous qui avez essayé de me tuer lors...

– TAIS-TOI, FILLE DE CHARBON ! cria le golem. Tu seras jugée devant notre tribunal et, siii, tu subiras le sort que la Cour t'infligera ! Les nagas ne, siii, sont pas des barbares et nous n'accordons jamais de, siii, longues peines de prison. Nous préférons torturer les coupables, siii, jusqu'à la mort. C'est plus intense, siii, mais moins cruel!

Karmakas se retourna ensuite vers la statue d'Amos.

– Si tu savais le, siii, le plaisir que tu me fais aujourd'hui! s'exclama-t-il. De te voir ainsi, siii, à ma merci, siii, je me dis qu'il valait la peine de ruminer ma vengeance et, siii, et d'attendre que tu viennes à moi… Je te ferai une place de, siii, de choix dans cette cité… Je t'installerai à un endroit où, siii, où tous les nagas pourront facilement te cracher dessus.

– Borth et Tywyn se demandent si vous acceptez de les échanger contre de la nourriture? demanda Borth avec confiance.

– Sinon, relança Tywyn, ragaillardi par l'intérêt manifeste du golem, nous repartons avec eux et nous allons les offrir aux hommes du Sud. Ils s'en feront des esclaves et nous…

– FERME-LA, siii, GROS TAS DE CHAIR! Je t'offre un repas par, siii, par prisonnier, ça te va?

– Quatre repas seulement, grommela Borth, un peu déçu.

– Non, trois repas, siii, je ne paie pas pour la statue! Je la considère comme un présent de ta part au, siii, au grand peuple nagas.

– Trois repas seulement, soupira Tywyn. Qu'en penses-tu, Borth ?

– J'ai faim, Tywyn !

– Moi aussi, Borth !

– Alors, très bien, nous acceptons ! dirent Tywyn et Borth d'une seule et même voix.

– Marché conclu ! fit Karmakas en ricanant devant la stupidité du géant. Mes hommes, siii, t'apporteront de quoi te sustenter d'ici, siii, d'ici la tombée du jour. Va t'asseoir derrière la montagne, siii, là-bas ! Comme tu empestes, siii, je ne veux pas que tu traînes trop près de, siii, de Bhogavati. VA !

Docile, le géant recula de quelques pas en saluant, puis, content à l'idée de se mettre quelque chose sous la dent, il se rendit derrière la montagne et attendit patiemment qu'on vienne le nourrir. Malheureusement pour Borth et Tywyn, Karmakas ne respecta pas sa promesse, et le monstre demeura assis toute la nuit en espérant à chaque minute que son repas arrive. Au petit matin, lorsqu'il vint réclamer son dû, le géant fut violemment chassé de la cité par un bataillon d'archers aux projectiles empoisonnés. À cause de cette attaque, Borth et Tywyn furent malades pendant plusieurs jours et passèrent à deux doigts de mourir.

Béorf, Médousa et Lolya furent tous les trois jetés en prison en attendant leur procès.

Inquiète à l'idée qu'on lui prenne Aylol avant d'être écrouée, Lolya regarda sa dague, mais celle-ci avait déjà disparu. L'arme, ne désirant pas être séparée de celle qui la faisait vivre, s'était soustraite au regard des mortels. Elle était toujours bien en place dans l'étui de la jeune nécromancienne, mais demeurait invisible. Les gardes nagas ne firent pas de cas du fourreau vide lorsqu'ils lancèrent Lolya dans le trou boueux qui leur servait de prison. Ils refermèrent ensuite une lourde grille de métal sur ce puits en prenant bien soin de lui lancer un bout de pain rassis.

Béorf subit le même sort et se retrouva, tout comme Lolya, face contre terre dans cette longue mais étroite geôle. Seule Médousa eut droit à un traitement spécial. Considérée comme une traîtresse, elle fut exposée dans une cage de fer sur l'une des grandes places de Bhogavati. Ainsi, pendant plusieurs jours, les nagas purent lui lancer des œufs pourris, lui taillader la plante des pieds avec leurs armes et l'insulter à satiété. La pauvre gorgone, les yeux solidement bandés, fut laissée en pâture à la vindicte populaire et chaque minute de son incarcération lui parut une éternité.

La statue d'Amos, quant à elle, fut d'abord installée dans la cour intérieure des armées de Karmakas avant d'orner l'entrée du palais de Serpent XIV pour amuser les nobles de Bhogavati.

11
L'épreuve du lac

Amos et Mékus s'étaient rendus près du lac, juste en face du pavillon de thé. Un vent fort s'était levé et agitait les flots de mouvements inégaux.

– Je crois que la barque sera trop frêle pour assurer notre sécurité, dit Mékus d'un ton faussement déçu. Nous devrions peut-être rester ici, en sécurité, et attendre que les conditions soient meilleures pour le voyage. Il y a encore du thé à l'intérieur et des couvertures pour nous tenir au chaud…

– Ta proposition est tentante, Mékus, répondit Amos, mais je suis d'avis que nous pouvons très bien traverser ce lac sans grand danger. La barque est large, plutôt stable, et nous aurons le vent dans le dos, ce qui représente un avantage appréciable. Dans ces conditions, la traversée ne me paraît pas très périlleuse.

– Tu crois pouvoir manœuvrer la barque malgré les vagues? Ne ferait-on pas mieux de rester sur le quai? De renoncer à cette épreuve?

Le porteur de masques se tourna vers Mékus en souriant.

– Tes arguments ne sont pas très forts, Mékus, dit-il. Tu veux, de toute évidence, me faire renoncer à ce voyage, alors que tu sais pertinemment que mon salut en dépend.

– Je veux surtout que tu sois à l'aise avant d'affronter la prochaine épreuve, déclara très sincèrement Mékus.

– Allons-y, je suis prêt !

L'élémental se résigna à embarquer et s'installa à l'avant de la barque. Amos prit place à l'arrière et dirigea l'embarcation avec le seul aviron qu'il y trouva.

– Le lac semble profond, fit remarquer Mékus alors qu'ils s'éloignaient de la rive. Si nous chavirons, il est certain que nous coulerons à pic. L'eau est glaciale et il nous sera impossible de nager jusqu'au rivage. Ne trouves-tu pas que les vagues sont un peu hautes ?

Le lac était effectivement de plus en plus houleux et Amos dut redoubler d'effort pour maintenir l'équilibre et la trajectoire de la barque. Même s'il était exaspéré par les commentaires de son passager, le garçon choisit de l'ignorer et de ne pas répondre.

Une dizaine de minutes s'écoulèrent, puis Mékus se fit entendre de nouveau :

– Devant, Amos ! Je vois un bateau qui se dirige droit vers nous ! Je te conseille de changer immédiatement de cap si tu ne veux pas qu'il se fracasse sur notre esquif… Il serait plus sage de tourner à bâbord !

Le porteur de masques étira le cou et aperçut l'embarcation encore assez loin. Une brève analyse de la situation le convainquit de tenir son cap. D'après l'angle des vagues et la direction du vent, il aurait été plus dangereux de faire une nouvelle manœuvre pour s'éloigner de la menace que de prendre le risque de s'en approcher.

Un instant plus tard, Mékus revint à la charge :

– Il m'apparaît évident, Amos, que nous allons heurter ce bateau et que nous risquons d'être éventrés par sa proue ! Comment peux-tu demeurer impassible devant cette menace qui avance vers nous ? Tu dois changer de cap, sinon nous courons directement à notre perte ! Comprends-tu ce que je te dis ? Il sera trop tard pour agir une fois que nous sombrerons !

Le garçon hocha la tête. Encore une fois, il évalua la situation et jugea, malgré les recommandations de son compagnon, que la voie la plus sûre se trouvait toujours droit devant.

– Tes peurs sont justifiées, Mékus, mais je te demande de me faire confiance… Nous arriverons sains et saufs de l'autre côté du lac!

Lorsqu'ils se trouvèrent à peu de distance du bateau étranger, Mékus s'emballa de plus belle:

– Mais comment peux-tu être aussi entêté? Tu n'écoutes donc jamais personne? Tu vois bien qu'il est maintenant trop tard et que nous le frapperons de plein fouet! Un véritable meneur ne devrait-il pas laisser son orgueil de côté et avouer son erreur? J'espère que tu as fait tes prières, car nous croupirons au fond du lac pour l'éternité!

Comme il l'avait fait depuis le début de la traversée du lac, Amos demeura sourd aux protestations mystérieuses de son passager et garda le cap jusqu'à l'imminence de la collision. Au dernier moment, le garçon fit une habile manœuvre avec son aviron et parvint à éviter l'autre embarcation avec facilité. Quelle ne fut pas sa surprise quand il reconnut à son bord Béorf, Lolya et Médousa qui semblaient ramer à l'aveuglette. Ses amis avaient l'air paniqués et perdus. La gorgone était dans un piteux état et semblait épuisée, alors que l'hommanimal était livide et ramait avec difficulté. Quant à la jeune Noire, elle était horriblement sale et vomissait par-dessus bord.

– Va les aider, Amos! s'exclama Mékus. Ils ont grand besoin de toi! Mais qu'attends-tu pour agir? Ne vois-tu pas qu'ils sont perdus sans toi pour les guider? Ne vois-tu pas qu'ils ont besoin de toi pour les sortir de ce pétrin?

Le porteur de masques, abattu devant la scène, faillit sauter dans leur petit bateau pour aller les secourir. C'est le cœur en miettes qu'il détourna la tête et continua à ramer en s'éloignant de plus en plus d'eux. Une larme perla au coin de son œil.

– Mékus, sont-ils vraiment dans une situation périlleuse? demanda Amos en retenant un sanglot.

– Oui, ils le sont…, répondit franchement Mékus. Tu aurais pu les aider, tu sais.

– Je crois sincèrement que la meilleure façon de les aider est d'acquérir le masque de l'éther le plus rapidement possible. Je dois demeurer concentré sur ma tâche quoi qu'il arrive… Je dois maintenir le cap même si le danger menace, maintenir le cap même si on me déconseille fortement de le faire, maintenir le cap malgré les protestations et la peur, maintenir le cap pour atteindre mes buts. Même si cela signifie abandonner tempo-rairement des amis, je dois maintenir le cap sur ce en quoi je crois, c'est-à-dire ma mission de porteur de masques! N'est-ce pas là ce que tu voulais me faire comprendre, Mékus, à travers cette nouvelle épreuve?

– Tu es malin, Amos… très malin et très sage!

***

Béorf, qui avait été emprisonné sous les ordres de Karmakas, fut retiré violemment de son trou quelques jours après son enfermement. Affamé et faible, il fut traîné de force par des gardes nagas jusqu'à une grande salle du palais de Serpent XIV. Il s'agissait du tribunal de Bhogavati.

La cour siégeait dans le grand palais du roi depuis la fondation de la ville. C'est là que vivaient les grands prêtres du culte de Seth ainsi que les notables qui administraient la justice de ces hommes-serpents. Ces religieux qui faisaient office de juges étaient grassement payés et constituaient une des élites les plus influentes de Bhogavati. Leurs décisions étaient toujours irrévocables, et rarement justes. Ce tribunal n'était en fait qu'une mascarade pour justifier le meurtre et la torture, deux activités fortement appréciées de la population. Les procès faisaient toujours salle comble et on se bousculait aux portes pour y avoir une bonne place.

C'est dans une ambiance survoltée que Béorf pénétra, enchaîné et crasseux, dans l'arène de la justice nagas. Des spectateurs, devenus hystériques à la vue de l'accusé, se mirent à lui crier des insultes et à lui cracher au visage. Le gros garçon reçut une pluie de pierres, de légumes pourris et de grains d'orge, symbole de la disgrâce chez les hommes-serpents.

Sans le libérer de ses liens, on amena l'accusé au pied d'une immense estrade où un horrible nagas obèse à la peau verdâtre savourait d'avance les sévices qu'il lui ferait endurer. Le juge frappa sur un gong et demanda le silence. Aussitôt, l'auditoire se calma.

En langue nagas, le juge récita sur un ton monocorde une litanie d'explications sur la procédure. Il présenta ensuite les douze autres juges en retrait, puis salua quelques dignitaires qui s'étaient déplacés pour l'événement. Finalement, il invita Karmakas à monter sur une tribune afin d'y lire l'acte d'accusation. Le golem grimpa lourdement les marches une à une, puis se plaça en face d'un grand porte-voix doré.

– J'accuse, commença-t-il dans la langue de Béorf avant de répéter en nagas les mêmes phrases, j'accuse ce jeune garçon de, siii, de rébellion. Lorsque j'étais maître de Bratel-la-Grande, ville que je désirais offrir à, siii, à notre roi Serpent XIV et au culte de Seth, notre dieu tant aimé, siii, il a comploté contre moi afin d'affaiblir mon pouvoir et a refusé de se soumettre à mes ordres.

Un murmure d'indignation s'éleva dans la salle et Béorf reçut une tomate bien mûre derrière la tête.

— De plus, siii, cet hommanimal, de la méprisante race des ours, siii, a réussi à détourner de moi une de mes plus fidèles servantes, siii, une gorgone dévouée et obéissante, afin d'en faire le jouet innocent de ses plans, siii, diaboliques! C'est à cause de lui, siii, et de son compagnon Amos Daragon, siii, si aujourd'hui vous me voyez ainsi, siii, prisonnier de ce corps horrible et défiguré à vie, siii!

Le juge jeta un œil glacial sur l'accusé et laissa entrevoir un petit rictus qui n'avait rien de bien rassurant.

— J'accuse Béorf Bromanson, continua Karmakas, d'entrave à l'expansion de notre peuple, siii, de refus d'obéissance, siii, de tentative de meurtre sur ma personne, siii, et finalement de racisme envers le peuple nagas et ses croyances profondes. Ce garçon est un, siii, un danger pour l'épanouissement de notre nation! Sans vouloir me substituer aux, siii, aux honorables juges ici présents, je propose qu'il soit soumis à l'épreuve du lac!

D'un même élan, la foule se leva et applaudit chaudement la proposition. Le juge tenta de calmer l'enthousiasme des spectateurs par de grands gestes, mais n'y parvint qu'après plusieurs longues minutes de désordre.

– Avez-vous quelque chose à ajouter pour, siii, pour votre défense ? demanda le premier magistrat en s'adressant à Béorf.

– Tout cela est absolument faux ! grogna le gros garçon en serrant les dents. Je n'ai jamais rien fait de tout cela !

– Vous n'avez jamais comploté contre, siii, contre le citoyen Karmakas ?

– Si, mais il avait envahi la ville de Bra…, essaya d'expliquer Béorf avant d'être interrompu par le juge.

– Alors, vous, siii, vous confirmez l'accusation ! Très bien… N'avez-vous pas influencé, siii, une gorgone esclave de Karmakas pour la détourner de lui ?

– Peut-être, mais c'est parce qu'il lui avait…

– Répondez simplement à la question, siii ! ordonna le juge. Amos Daragon était-il de, siii, de vos amis à Bratel-la-Grande ?

– Mais oui ! Et il l'est encore ! s'exclama Béorf. La question n'est pas là, j'aimerais vous demander si…

– Taisez-vous, siii! C'est moi, siii, qui pose les questions ici! Comme Amos Daragon est considéré comme, siii, comme un ennemi du peuple nagas, siii, l'amitié qui vous lie à ce renégat vous rend coupable de, siii, de complot par association!

– QUOI?! lança Béorf devant la stupidité de cette accusation.

– Vous avez bien compris, siii, fit le juge en ricanant. Pour ces trois chefs d'accusation pour lesquels, siii, vous venez de vous avouer coupable, siii, je vous condamne à, siii, à l'épreuve du lac!

La foule des hommes-serpents hurla de joie lorsque les gardes saisirent Béorf. Sans pouvoir se défendre, le gros garçon fut amené dans une antichambre du tribunal où on lui attacha autour du cou une grande chaîne reliée à un énorme boulet de fonte. Ensuite, on l'obligea à rouler lui-même cette boule pour traverser la ville jusqu'à son lieu d'exécution. Il fut suivi par des centaines de nagas enragés qui s'amusaient à l'insulter et à lui lancer des pierres.

Une fois arrivé à destination, Béorf dut gravir la centaine de marches d'un fragile escalier de bois menant à une plateforme. Ce n'est qu'à ce moment, une fois tout en haut de l'échafaudage, que le béorite comprit ce qui l'attendait. Sous ses pieds, il vit un grand bassin d'eau où évoluait un gigantesque monstre aquatique. Tout autour du petit lac, des milliers de nagas avaient déjà pris place sur de larges gradins taillés à même le roc et attendaient avec impatience que le bourreau exécute sa sentence.

« Me voilà dans de beaux draps, pensa Béorf en imaginant la suite des événements. Avec ce boulet attaché au cou, je n'ai aucune chance de flotter. Si je ne pense pas à quelque solution pour me sortir de là, je vais vite finir dans le ventre de la grosse créature gluante. »

Malheureusement pour lui, le bourreau se présenta sur l'estrade avant qu'il n'ait trouvé un plan. La foule acclama le nagas comme un héros lorsque, d'un mouvement brusque, il frappa Béorf en plein visage. Le gros garçon tomba à la renverse sur un mécanisme qui activa la plateforme et le propulsa en plein centre du bassin. Sous les hurlements de joie de la foule, le boulet de fonte entraîna instantanément le condamné vers le fond.

Un violent sentiment de rage s'empara de Béorf pendant qu'il glissait dans la profondeur du bassin. Cette fureur lui brûla l'âme comme un feu ardent et lui fit perdre toute logique. Le garçon si sympathique n'était plus maintenant qu'une boule de furie.

«Ce n'est pas comme ça que meurt un Bromanson!» résonna soudain la voix de son père dans sa tête.

«Ce n'est pas de cette façon que meurt un Bromanson!» dit la voix de Banry en écho à celle d'Évan.

«Ce n'est pas ainsi que meurt un fils d'Upsgran!» lancèrent en chœur les voix d'Helmic l'Insatiable, de Piotr le Géant, d'Alré la Hache et de tous les autres guerriers de son village, morts dignement au combat.

«CE N'EST PAS AINSI QUE MOURRA BÉORF BROMANSON!» décida le garçon en faisant sauter les maillons de sa chaîne.

Béorf était entré en rage guerrière et les nagas allaient s'en souvenir longtemps.

12
La rage, la fuite et le privilège

Béorf avait senti ses muscles se gonfler et devenir plus durs que la pierre. Une double rangée de griffes, effilées comme des couteaux, surgit de ses doigts et de ses orteils. De grandes canines solides et pointues avaient remplacé sa dentition normale en lui déformant le visage. Le garçon n'était plus un homme ni même un ours. Il était devenu la représentation corporelle de sa rage. Il avait quatre fois la taille de sa forme animale, et son métabolisme était surpuissant. Ses cinq sens, en alerte, avaient eux aussi gagné en précision et en force.

Le monstre du bassin des nagas, un immense poisson-chat, ouvrit grandes ses gigantesques mâchoires et avala d'un coup le béorite en colère. Mais, aussitôt fait, la bête ressentit une forte douleur à l'estomac, puis, constatant que le mal devenait insupportable, essaya de recracher sa proie. Béorf, qui avait bien pris soin de déchirer avec ses griffes le conduit menant au ventre de son adversaire, était en train de lui trouer l'intérieur du corps. À grands coups de pattes, le béorite se frayait un chemin à travers les viscères pour ressortir par l'abdomen.

Lorsque l'hommanimal s'extirpa enfin du monstre pour remonter à la surface, une marée de sang envahit les eaux du bassin. Tout autour, les spectateurs nagas poussèrent des exclamations de surprise. Eux qui croyaient être étonnés de la quantité de sang perdu par le condamné, restèrent bouche bée en voyant sortir du lac une créature qu'ils n'avaient jamais vue.

Toujours aussi furieux, Béorf cracha des paroles incompréhensibles, puis exécuta un bond spectaculaire, en prenant appui sur le cadavre du monstre, ce qui lui donna l'élan nécessaire pour atteindre la plateforme. Les spectateurs se frottèrent les yeux d'incrédulité pendant qu'une clameur se répandait parmi eux.

En voyant surgir le béorite enragé, le bourreau qui avait à peine eu le temps de savourer les applaudissements de son public saisit un sabre et s'attaqua à son adversaire. Il voulut lui assener un coup à la tête, mais Béorf saisit la lame entre ses dents. Comme s'il s'agissait d'une simple tige de métal mou, il la plia en serrant les mâchoires. Ses dents traversèrent le fer comme un couteau s'enfonce dans du beurre. Le nagas n'eut que le temps d'amorcer un mouvement de recul avant que le poing de l'hommanimal ne lui défonçât le crâne. Mort sur le coup, le bourreau glissa mollement de sa passerelle et alla rejoindre le répugnant poisson-chat.

Sans perdre une seconde, Béorf exécuta un autre formidable bond qui le projeta sur les gradins. La panique s'empara de la foule et tous se précipitèrent vers les sorties. Quelques braves se jetèrent sur le béorite, mais ils se rendirent vite compte de leur erreur. En quelques secondes, deux d'entre eux pataugeaient déjà dans le lac, trois autres gisaient sur le sol et un dernier fut propulsé si loin qu'on aurait dit qu'il volait.

Une dizaine de gardes lourdement armés se ruèrent sur Béorf pour le maîtriser. Ceux-là ne furent pas plus chanceux que les autres, car ils mordirent rapidement la poussière. Dents cassées, muscles déchirés, mâchoires disloquées ou membres tordus, ils s'enfuirent en se lamentant et en réclamant du renfort.

Ce fut le général Karmakas en personne qui se présenta devant le béorite en furie, entouré bien sûr de son escorte militaire. Il commanda à deux de ses meilleurs hommes de calmer les ardeurs de l'hommanimal, ce qui ne fit qu'exciter davantage la rage de ce dernier. Béorf ne fit qu'une bouchée du premier en lui expédiant un coup de pied extraordinaire dans l'abdomen, alors que le deuxième, plus coriace, eut besoin de trois bonnes claques au visage avant de s'effondrer comme une chiffe molle. Le golem ordonna donc à tous ses hommes de foncer sur le béorite et n'en crut pas ses yeux de les voir aussi tomber un à un, telles des feuilles mortes.

– Dois-je toujours, siii, m'occuper de tout, ici? marmonna Karmakas en poussant un soupir d'exaspération. On n'est jamais mieux, siii, servi que par soi-même!

Il attrapa l'hommanimal par-derrière et, en le maintenant sous les bras, il lui donna une bonne dizaine de coups de tête sur le crâne. Insensible à cause de son corps de pierre, le golem sourit à l'idée d'achever ainsi son ennemi. Or, les béorites, qui déjà avaient la tête dure en temps normal, devenaient encore plus résistants dans les moments cruciaux.

D'un habile mouvement, Béorf se propulsa dans les airs et retomba sur ses pieds, tout juste derrière Karmakas. Le nagas se sentit alors soulevé de terre et, sans vouloir admettre que l'hommanimal le tenait à bout de bras, il fit lui aussi un plongeon forcé dans le bassin du défunt monstre. Comme il était surtout composé de pierre, le golem coula à pic en blasphémant.

En quelques bonds, le béorite quitta l'arène du lac pour la grand-place de Bhogavati. Toujours en état de rage guerrière, il fonça à toute allure vers le temple Seth Wat en espérant sortir au plus vite possible de cette cité de serpents. Durant sa course, Béorf blessa sérieusement une bonne centaine de gardes qui essayèrent, à tour de rôle, de l'arrêter. Il reçut une vingtaine de flèches empoisonnées, aussi bien dans le dos que sur les jambes, qui ne réussirent même pas à le ralentir. Son système sanguin, surchauffé par la rage guerrière, filtra un à un les poisons sans que ceux-ci l'affaiblissent un tant soit peu.

Tel un carreau expulsé de son arbalète, l'hommanimal sortit de la cité nagas dans un nuage de poussière. Pas un garde n'essaya de le suivre et même plusieurs d'entre eux applaudirent lorsqu'ils le virent prendre la direction des montagnes.

Ce n'est qu'au bout de plusieurs heures de course à vive allure que Béorf buta contre un arbre qu'il avait pris pour une créature menaçante. Épuisé par ce dernier effort, il s'endormit à son sommet, entre deux branches et, de ce fait, reprit tout doucement sa forme humaine.

***

La nuit était tombée et Bhogavati s'était apaisée. La journée avait été éprouvante pour les autorités de la ville qui n'avait jamais vu, au cours de sa longue histoire, un prisonnier sortir de ses murs. Le roi Serpent XIV, qui avait assisté depuis le balcon de son palais au triste événement du lac, ne s'était pas gêné pour admonester ses généraux et pointer du doigt Karmakas pour son incompétence. Le golem, encore humide de son passage dans le bassin, était demeuré silencieux devant son roi et avait encaissé tous les reproches sans sourciller.

Le procès de Lolya devait avoir lieu le lendemain, au lever du soleil. Les trois jours d'audience qu'avaient prévus les juges pour satisfaire le peuple avaient bien mal débuté. Cette deuxième journée devait être riche en émotions pour faire oublier la première, et chacun s'attendait maintenant à ce que les tortures infligées à l'accusée après sa condamnation soient spectaculaires. Il n'y avait pas eu de procès depuis fort longtemps à

Bhogavati et les nagas avaient soif de ce divertissement.

Les hommes-serpents, qui raffolaient des spectacles sordides, s'étaient lassés des combats de gladiateurs qu'on présentait auparavant presque tous les soirs, sur la grand-place. La mode était maintenant aux procès d'innocentes victimes qui subissaient l'humiliation publique avant d'être sacrifiées. C'était le roi Aspic XI qui avait lancé cette nouvelle activité afin de stimuler son peuple. Lorsqu'il avait été empoisonné pour faire place à Cobra IV, ce dernier avait organisé des raids dans tout le pays afin de trouver toujours plus de prétendus coupables à condamner publiquement. Ç'avait été l'âge d'or des procès publics au terme desquels avaient été exécutés des milliers d'humanoïdes de toutes les races et de toutes les cultures. Enfin, lorsque Cobra IV avait été poignardé par les nagas de Serpent XIV, le nouveau roi s'était vu confronté à un grave problème. Il n'y avait plus personne à des centaines de lieues de la cité et donc plus aucune source d'approvisionnement de gens à sacrifier. Tous les villages avaient été vidés et toutes les routes menant vers l'est étaient devenues désertes. Béorf, Lolya et Médousa tombaient donc à point pour amuser le peuple et lui faire oublier ses longues journées d'ennui.

– Je veux sortir d'ici, grogna Lolya qui grelottait au fond de son trou humide.

Plusieurs fois, la jeune nécromancienne avait essayé d'escalader les murs, mais toujours sans succès. L'humidité de la pierre rendait l'ascension impossible. Même avec l'aide de la dague de Baal, ses efforts s'étaient avérés inutiles.

– Il n'y a donc rien que je puisse faire pour m'extraire de ce lieu puant ? marmonna-t-elle en serrant les dents.

– Nous avons passé en revue chacun de tes sorts, répondit la dague. Tu ne disposes pas des ingrédients de ceux que tu connais par cœur et tu ne connais pas les formules de ceux qui pourraient vraiment nous aider. Tu as raison, il n'y a rien à faire, nous sommes coincées ici…

– Et une porte dimensionnelle comme celle de la bataille de Berrion ? Tu te souviens ? Nous avions ouvert un passage entre Berrion et Upsgran !

– Depuis qu'on nous a lancées dans ce trou, je te répète que les astres ne nous sont pas favorables, déclara Aylol. Aussi, nous pourrions nous perdre et ressortir n'importe où…

– Si seulement j'avais mes grimoires et quelques poudres, grommela encore la jeune Noire.

– Mais tu n'as rien de tout cela et je ne peux pas te les faire apparaître! s'impatienta Aylol. Tout ce que je peux faire, c'est amplifier la puissance de ta magie...

– Je sais..., soupira Lolya, je sais... Je me demande bien ce qu'Amos devient et ce qu'ils ont fait de sa statue.

– Pfff! fit la dague. Encore *lui*, toujours *lui*! Si tu te préoccupais autant de ta magie que de ton amour pour *lui*, je suis certaine que nous serions déjà sorties de ce trou! Je n'ai pas envie de finir comme ces bouts de squelettes qui couvrent le sol...

– Hum, hum, approuva distraitement Lolya dont les pensées étaient toujours dirigées vers Amos. Attends! Mais qu'est-ce que tu viens de dire?

– Je disais, répéta la dague, que nous serions déjà à...

– Non! l'interrompit Lolya. Après!

– Je n'ai pas envie de finir comme ces squelettes qui...

– J'ai trouvé! Ça y est! s'écria la jeune fille. Je sais comment nous sortir de là!

– Ah oui? interrogea la dague, un peu méfiante. Je t'écoute...

– Je connais par cœur une petite formule qui est l'une des premières que les maîtres enseignent aux nouveaux élèves. Il s'agit d'une petite prière aux morts qui leur fait remuer les doigts et les orteils. Si tu m'accordes toute ta puissance, Aylol, je suis certaine que nous pourrons contrôler les ossements.

– Tu rêves! fit la dague en rigolant. Il faut beaucoup d'expérience pour se faire obéir des morts, et les os, sans l'âme qui les habitait autrefois, resteront immobiles dans la boue.

– Écoute! insista Lolya. Cesse tes jérémiades et accorde-moi ta puissance! Nous verrons bien si… À moins que… Ah! je comprends ce qui se passe! Tu te vantes sans cesse de tes pouvoirs, mais, dans les faits, tu es aussi limitée qu'une sorcière novice! Tu as peur d'échouer… Mais je comprends que…

– Tu doutes de moi? Eh bien, je t'ouvre à la puissance du deuxième niveau des Enfers! Plante-moi dans le sol et fais ta petite incantation ridicule, nous verrons bien ce qui se passera!

Sans attendre, la nécromancienne enfonça dans la boue la lame maudite. Elle prononça plusieurs fois ses paroles magiques et demanda aux ossements des défunts de lui venir en aide.

La terre commença à vibrer sous ses pieds. Puis trois morts vivants, à demi squelettiques, s'extirpèrent du sol en soufflant des paroles inaudibles. Affublés de leurs vêtements en lambeaux, ils entourèrent Lolya, avant que l'un d'eux ne s'adresse clairement à elle :

– Qui a sollicité notre aide ?

– C'est moi, répondit la jeune Noire en tremblant de tous ses membres. Qui êtes-vous ?

– Nous sommes les restes de trois prisonniers qui, jadis, furent condamnés à être enterrés vivants à la suite d'un procès injuste, expliqua un autre. Nous sommes morts depuis longtemps, mais nous sommes à votre service. Que pouvons-nous faire pour vous ?

– Je veux sortir d'ici et fuir cette ville ! s'exclama Lolya, maintenant confiante. J'ai aussi besoin de mes ingrédients de magie et j'aimerais savoir ce qui est arrivé à mes amis.

– Nous pouvons vous aider à quitter ce trou et à récupérer vos biens, répondit le troisième. Cependant, nous ne possédons pas les aptitudes voulues pour enquêter sur la disparition de vos proches.

– Bon, très bien, fit Lolya en retirant sa dague du sol. Alors, éloignez-moi seulement de cette ville, je vous prie. Ensuite, je verrai bien comment venir en aide à mes amis.

Les trois zombies grimpèrent les uns sur les autres, constituant une colonne pour atteindre la grille du cachot. D'un habile mouvement, le squelette du dessus ouvrit le verrou et renversa discrètement la trappe.

Lolya grimpa alors les corps des morts vivants comme s'il s'agissait d'une échelle et se retrouva bien vite à l'extérieur.

– Personne dans les environs, lança-t-elle en invitant ses nouveaux acolytes à la suivre.

Ravies, les trois créatures s'extirpèrent de leur tombeau.

– Je connais un passage par le temple Seth Prohm qui mène à l'extérieur de la ville, déclara de sa voix caverneuse l'un des morts vivants. À l'époque où j'étais esclave, j'ai travaillé à sa construction.

– Je le connais aussi, dit le deuxième. Je me charge de récupérer le matériel de la jeune fille, confisqué par les nagas. Je vous retrouve dans les marais noirs, à la sortie du tunnel.

– Mais comment allez-vous savoir ce qui m'appartient? demanda Lolya.

– Cesse de poser des questions stupides, intervint la dague de Baal. Parce que tu les contrôles, ils savent d'instinct ce qui est à toi. Maintenant, partons d'ici…

– Oui, c'est ça, très bien, fuyons avant que…, fit Lolya avant d'être interrompue par le sifflement d'un garde nagas qui venait de les surprendre.

Comme l'homme-serpent s'apprêtait à souffler dans son cor pour signaler l'évasion d'un prisonnier, les deux squelettes présents s'élancèrent vers lui avec une surprenante rapidité. Ils le plaquèrent au sol sans que le nagas puisse se défendre. Lolya ordonna aux morts vivants de le ligoter et de le bâillonner, puis de l'enfermer dans la prison puante qu'elle venait de quitter.

Plus tard, sous le couvert de la nuit, Lolya et les trois morts vivants s'enfuirent ensemble de Bhogavati. Lolya espérait de tout son cœur que Béorf et Médousa fussent encore en vie.

***

Le roi Serpent XIV avait été élevé à l'ancienne et gouvernait de façon très dure. Dès son plus jeune âge, il avait été soumis au traitement du «bain», une coutume nagas qui consistait à plonger les nouveau-nés dans un récipient d'eau glacée. Si le bébé en ressortait en tremblant ou bleu de froid, on en déduisait qu'il serait, en grandissant, une lavette à peine digne d'être nourrie. Le futur roi, contrairement à beaucoup de nourrissons, était demeuré impassible durant son épreuve, signe de sa très grande force de caractère. Son subconscient avait gardé de cette déplaisante baignade le sentiment d'avoir été trahi par ses parents et il n'avait plus jamais fait confiance à personne.

Pour Serpent XIV, il n'existait qu'une seule façon de conserver sa place sur le trône de Bhogavati : les nagas devaient tous manger à leur faim et s'amuser constamment. Pour se maintenir au pouvoir et éviter les complots, le souverain se devait de leur fournir des sensations fortes. C'est pourquoi Serpent XIV avait mis de côté l'art théâtral ancestral des hommes-serpents pour présenter des œuvres ultraviolentes où, très souvent, les acteurs devaient réellement se battre entre eux. On pouvait assister à de véritables morts sur scène, sous les applaudissements des spectateurs. Dans l'une des œuvres, écrite de la main royale, un des personnages devait être torturé et déchiqueté par un ours. L'acteur qui jouait ce rôle avait été remplacé pour la dernière scène par un condamné à mort dont l'animal affamé n'avait fait qu'une bouchée. Cette soirée de théâtre avait été un triomphe !

Ce matin-là, furieux de n'avoir pu présenter à ses sujets le spectacle sanglant qu'auraient pu offrir les exécutions du béorite et de la fille noire, le souverain exigea qu'on lui amène la gorgone. Médousa fut sortie de sa cage et traînée par les pieds jusqu'au trône du roi. Devant Serpent XIV, les gardes lui interdirent de se relever et c'est la face contre terre, dans la saleté et la poussière, que la prisonnière dut écouter les raisons pour lesquelles on l'avait amenée là.

La pauvre n'en menait pas large. Les yeux toujours bandés et le corps couvert de coupures, d'ecchymoses et de plaies infectées, elle avait la certitude qu'elle mourrait bientôt. Ses jambes n'avaient plus la force de la porter et son âme, plus l'énergie de lutter pour sa vie. La gorgone souhaitait mourir le plus vite possible afin que s'arrête sa souffrance et que se termine rapidement l'humiliation.

«C'est une siii vilaine créature! pensa Serpent XIV lorsqu'elle fut jetée à ses pieds. La nature a de ses siii étranges façons de se manifester qu'elle demeure souvent incompréhensiiible.»

Le souverain avait une idée derrière la tête : il voulait créer un nouveau jeu pour son peuple. Une grande joute de chasse à la gorgone où une centaine de chasseurs s'affronteraient pour décrocher le premier prix.

Le jeu, fort simple, consisterait à laisser partir la gorgone une journée avant le début de la chasse et à offrir à celui qui ramènerait sa tête le droit de faire exécuter dix nagas de son choix. N'importe qui, excepté le souverain bien entendu, pourrait être exécuté selon le bon vouloir du vainqueur. De plus, le meilleur chasseur pourrait choisir la façon dont ses victimes seraient mises à mort. Prêtres, notables, soldats ou même des membres de la famille royale vivraient avec une épée de Damoclès au-dessus d'eux.

– Petite souillure, siii vulgaire et laide, dit Serpent XIV à Médousa. Je te fais le grand privilège de ma siii magnifique présence, car tu seras la première proie d'un siii excitant jeu que je viens siii habilement de créer pour le bonheur de mon siii superbe peuple.

Pour les nagas qui inséraient toujours à intervalles réguliers des «siii» dans leurs phrases, il n'existait pas de façon de parler plus soignée que celle consistant à intégrer ces sons sifflants dans les mots. Serpent XIV était un spécialiste de cette forme linguistique très sophistiquée et faisait l'admiration des professeurs et des intellectuels de Bhogavati.

– Répugnant monstre aux pouvoirs siii dangereux, continua l'altesse royale imbue de ses prouesses linguistiques. Je t'accorde le siii grandiose privilège de servir d'amusement aux ciiitoyens de la plus ciiivilisée des ciiités de ce monde siii imparfait.

À l'entendre ainsi déclamer, plusieurs gardes s'extasièrent devant cette poésie parfaite aux accents enchanteurs. Le roi était un orateur de génie et ses mots ressemblaient à une délicate dentelle.

– Un siii grand honneur pour une siii vile créature est sans doute, siii je puis me permettre, l'apogée de ta siii misérable vie! continua Serpent XIV, visiblement content de son effet auprès de ses soldats. À cause de ce siii stupide golem d'ancien nagas de Karmakas, le procès de l'homme-ours fut un siii lamentable échec que j'en demeure encore siiidéré. Ta petite copine noire s'est aussiii enfuie d'une bien étrange façon, siii bien que la siiituation m'oblige à revoir les divertissements de ma ciiité! Nous allons te marquer au fer rouge, siii chaud qu'il te laissera la nouvelle marque siiignificative des officiiielles proies nagas.

Médousa sentit la brûlure du tisonnier lui griller la peau de l'épaule droite. Elle eut envie de hurler, mais se contenta de pleurer en silence. La marque d'un cercle contenant la lettre «S» à l'envers lui resterait à jamais imprimée sur le corps. Sur la plaie fumante, les soldats versèrent de l'alcool pour raffermir les tissus et recommencèrent de nouveau le marquage. Cette fois, Médousa ne put s'empêcher de crier comme un porc qu'on égorge. Son cri fit sourire le roi qui ordonna un troisième passage du fer rouge sur la lésion. La gorgone en larmes couina de douleur, puis implora qu'on arrête la torture.

— Maintenant, petite pleurnicharde siii touchante, ironisa le roi, nous allons te faire soigner par nos siii compétents médecins. Tu passeras trois longues journées à siiiester avant que nous te siiignalions qu'il est temps de t'enfuir. Ensuite, nous enverrons des dizaines de chasseurs à ta poursuite! J'espère que tu ne leur rendras pas la tâche siii faciiile… Ce jeu deviendra siii populaire siii tu n'hésites pas à te défendre! Rappelle-toi que siii tu te laisses avoir, tu auras la tête sciiiée!

Serpent XIV fit alors signe à ses soldats de conduire la gorgone à ses docteurs pour qu'ils la préparent adéquatement pour le jeu. La chasse pourrait ainsi débuter bientôt.

13
Les arches
et la purée de rats

Amos et Mékus débarquèrent sur une grande île au centre du lac. Ils abandonnèrent leur petit bateau sur la rive et pénétrèrent dans les terres.

– Les paroles sont souvent comme des traces qui s'impriment sur la plage; il suffit d'une bonne marée pour les faire disparaître, dit Mékus tout en marchant. Nous apprenons davantage de nos propres expériences que des conseils ou des recommandations de nos proches. Ce que nous vivons est inscrit en nous à jamais…

– Je comprends, répondit Amos. Et cela a sûrement un lien avec ma prochaine épreuve, je me trompe?

– Tu as raison, confirma l'élémental. Sur cette route, nous traverserons des arches de pierre sur lesquelles seront gravés des préceptes.

– Sartigan m'a enseigné qu'un précepte est un peu comme une règle à suivre, exact?

– En quelque sorte, oui. Il s'agit d'un enseignement qu'il faut observer. En passant sous les arches, tu revivras des événements de ton passé. Ne cherche pas à te détourner de ces souvenirs et accepte-les pleinement. D'ailleurs, voici le premier portail en question.

Amos leva les yeux et aperçut un grand arc de pierre sur lequel il était écrit : « CHANGE LE MONDE ». Confiant, le garçon entreprit de le traverser.

Comme s'il avait été aspiré par son passé, Amos retrouva la vigueur de ses idéaux d'enfant, à l'époque où il vivait dans le royaume d'Omain. Nourri de cette émotion, il revécut un à un ses échecs comme s'ils venaient tout juste de se produire. Il ressentit la douleur telle qu'il l'avait connue dans la cité infernale, puis la peine lors de la mort de Koutoubia dans le désert d'El-Bab. Il y eut la mort d'Urban, son père, qu'il n'avait pas su protéger des bonnets-rouges, puis son amitié rompue avec Barthélémy. Des souvenirs d'Aélig, son premier amour, rouvrirent aussi quelques blessures qu'il croyait guéries. Finalement, l'une après l'autre, les images de ses fautes et de leurs conséquences sur son entourage vinrent ébranler son idéal et le firent pleurer de regret. Ce moment, qui parut des heures à Amos, ne dura en réalité que le temps de son court passage sous l'arche.

Bouleversé, le garçon prit un long moment pour se remettre de cette éprouvante expérience. Lorsqu'il sembla avoir repris ses esprits, Mékus s'informa doucement :

– Dis-moi, qu'est-ce que ce portail vient de t'enseigner ?

– J'ai compris qu'il y a des choses que je peux changer, alors qu'il y en a d'autres qui m'échappent, répondit Amos en essuyant son visage ruisselant. Je dois utiliser mes forces pour agir sur ce qui est en mon pouvoir et ne pas m'attarder sur ce que je ne peux pas contrôler.

– Et… pourquoi pleures-tu ?

– Parce que c'est difficile de revoir ceux que j'ai aimés… et qui sont loin de moi maintenant. Ils me manquent tellement…

– Très bien, dit Mékus en souriant. Marchons un peu, la deuxième arche est tout près d'ici.

Au cours de leur petite promenade, l'élémental expliqua que les messages sur les arches étaient différents selon la personnalité et le caractère de chacun des voyageurs de l'éther. Ils arrivèrent vite au deuxième arc de pierre sur lequel Amos put lire : « CHANGE LES AUTRES ».

Humble devant l'épreuve à venir, le garçon baissa la tête et fit un pas en avant. Des séquences de sa vie passée défilèrent encore une fois sous ses yeux. Cette fois, il revécut tous les moments où il s'était insurgé contre les autres et comprit sa fâcheuse tendance à vouloir changer le caractère de ses amis. Son impatience et son impétuosité lui furent révélées et Amos comprit qu'il avait été parfois un mauvais compagnon, trop empressé qu'il était à remplir sa mission. D'ailleurs, pendant l'épreuve du lac, n'avait-il pas choisi d'abandonner ses trois amis au profit de sa quête personnelle?

Un remords épouvantable le fit tomber à genoux et il se sentit étouffé par son propre orgueil.

— Mais qu'est-ce que j'ai fait? dit à voix haute le garçon en serrant les poings. J'ai mis en jeu la vie de mes amis tellement de fois, la plupart du temps sans leur demander leur avis. Je suis… je suis égoïste et impardonnable…

Mékus l'aida à se relever, puis le corrigea:

— Tes amis ont choisi de t'accompagner; tu ne les as jamais forcés. Tu dois retenir du deuxième portail que ce sont les autres qui te révèlent vraiment à toi-même. Tu dois être reconnaissant envers les gens qui te procurent de la joie, sans jamais essayer de les changer.

Il faut les accepter et les aimer tels qu'ils sont ou t'en éloigner simplement. Remercie aussi les personnes qui te causent de la souffrance et de la frustration, car c'est à travers elles que tu apprends le plus sur toi. Viens, marchons encore, le troisième n'est pas loin.

– Après ce que je viens de vivre, soupira Amos, j'aimerais prendre quelques minutes de repos.

– Je ne peux t'accorder cette faveur, répondit Mékus, car lorsqu'on foule le chemin qui mène à soi, on ne peut s'arrêter ou reculer. Si nous prenons une pause maintenant, nous ne pourrons plus repartir.

– Alors, allons de l'avant…, consentit Amos sans grand enthousiasme.

Une troisième arche se présenta bientôt sur laquelle les mots «CHANGE-TOI TOI-MÊME» étaient gravés.

Le troisième passage fut très positif pour Amos. Dans les scènes de son passé qu'il revécut, le garçon vit concrètement comment il pouvait améliorer ses imperfections, supprimer ses défauts et devenir plus conciliant.

«Il y a des aspects de moi que je peux améliorer, se dit-il en passant de l'autre côté de l'arc. Par contre, il y en a d'autres que je n'arriverai jamais à modifier… Ils font partie de ma nature même.»

C'est en passant à travers la quatrième et dernière arche – «ACCEPTE LE MONDE» – qu'Amos fut rempli de béatitude. Après la souffrance des deux premières, les suivantes furent libératrices. Mékus avait raison de ne pas vouloir s'arrêter pour prendre une pause.

– Je comprends maintenant une chose fondamentale, confia le porteur de masques à son guide. Le monde est le miroir de notre âme. Quand je suis joyeux, le monde est beau ; lorsque je suis triste, il devient sombre. Mais, en réalité, le monde autour de moi ne change pas, il demeure ce qu'il est ! C'est moi qui le vois différemment selon mes émotions !

– Tu viens de comprendre la force de l'éther, fit Mékus en souriant. L'éther est la permanence du monde et sa cohésion. Tu devras en tenir compte lors de ta rencontre avec les autres élus.

– Les autres élus ?!

– Mais voyons, Amos, les autres porteurs de masques…

***

Médousa ne s'était pas remise de ses blessures lorsque les nagas l'abandonnèrent à la sortie de la ville. Serpent XIV avait fait connaître publiquement les règles du nouveau jeu, et cinq cents participants avaient répondu à l'appel. Un seul d'entre eux serait couronné «Grand Chasseur» et disposerait pendant une journée entière du privilège royal de vie ou de mort. La population était gonflée à bloc et les paris allaient bon train. Qui, parmi ces valeureux guerriers, retrouverait la gorgone en fuite et offrirait sa tête à l'altesse royale?

Cette nouvelle distraction avait fait vite oublier la fuite rocambolesque de Béorf ainsi que la disparition soudaine de Lolya. Le procès tant attendu de la jeune Noire ne comptait plus et toute l'attention était maintenant dirigée vers Médousa. Beaucoup, qui considéraient les gorgones comme une race inférieure, prétendaient qu'elle ne ferait pas long feu et que les chasseurs la rattraperaient bien vite. D'autres hommes-serpents, qui n'avaient pas plus d'estime pour leur proie, soutenaient que l'esprit vif de ces créatures allait sûrement jouer en sa faveur. Bref, tout le monde à Bhogavati ne pensait plus qu'à cette grande chasse qui débuterait à la tombée de la nuit.

C'est ainsi que la jeune gorgone se retrouva encore une fois le nez dans la poussière, sans ses lurinettes, avec le seul désir de courir le plus loin et le plus vite possible pour sauver sa peau. Encore diminuée physiquement, elle vit s'éloigner son escorte et elle en profita pour prendre la direction des montagnes. La marque des nagas derrière son épaule la faisait encore terriblement souffrir, ainsi que ses blessures aux pieds, aux mains et à la figure. Sa lèvre inférieure, fendue par le coup de poing d'un soldat nagas, n'avait pas encore réussi à guérir et l'infection la faisait saigner sans arrêt. Médousa fut rapidement à bout de souffle, mais heureusement elle trouva une petite grotte où elle put se réfugier. Elle pleura abondamment.

« Jamais je n'arriverai à semer les chasseurs qui se lanceront bientôt à ma poursuite, pensa-t-elle en tremblant de peur. Mes pieds arrivent à peine à me porter et mes muscles ne répondent plus… Je suis finie… Personne ne pourra m'aider… et Amos qui est encore là-bas, dans la cité… C'est fini… Aussi bien mourir tout de suite que de prolonger mes souffrances… »

Alors que ces idées noires lui traversaient l'esprit, Médousa entendit un petit cri de rongeur qui semblait venir du fond de la grotte. Tiraillée par la faim, elle pensa qu'elle pourrait peut-être l'attraper et l'avaler pour se donner des forces. Elle s'enfonça un peu plus à l'intérieur de la grotte et constata que l'endroit n'était pas une cavité naturelle, mais un tunnel taillé dans la pierre. Toujours avec l'espoir de se mettre quelque chose sous la dent, la gorgone poursuivit sa recherche et arriva bien vite au bout de la grotte. Une grille de métal l'empêcha de continuer, mais ce qu'elle aperçut de l'autre côté lui coupa le souffle.

Médousa se trouvait en fait dans la bouche d'aération d'une gigantesque caverne remplie de milliers de cages. Il s'agissait d'un immense garde-manger nagas où s'entassaient des rongeurs de toutes les espèces. Comme ils ne pratiquaient ni la pêche, ni la chasse, ni l'agriculture, les hommes-serpents entretenaient de grands élevages de rongeurs pour nourrir la population de Bhogavati. Dans ce grenier, il y avait une section de souriceaux naissants pour les tout jeunes nagas, une autre section pleine de souris à peine couvertes de poils qu'on nomme «blanchons», puis, dans un coin, on pouvait apercevoir un incubateur de sauteuses et, plus loin, de grandes cages surpeuplées où grouillaient des souris adultes, des rats, des gerboises et même des lapins.

La gorgone remarqua aussi qu'une partie de la caverne avait été aménagée en abattoir où des dizaines de nagas s'affairaient à décapiter les rongeurs pour les dépecer ensuite. Les peaux étaient récupérées par des tanneurs d'un côté de la caverne et placées à sécher sur de longues cordes à linge, alors que la viande, de l'autre côté, aboutissait dans de gros hachoirs à manivelle. Les machines broyaient les os et les viscères pour en faire une pâte sanguine qu'adoraient les hommes-serpents. Conservée dans des contenants de terre cuite, la viande était apportée au marché tous les matins et vendue au profit du roi Serpent XIV, le seul patron de l'entreprise alimentaire.

« Moi qui étais affamée, pensa Médousa en observant le travail des bouchers nagas, ils viennent à l'instant de me couper l'appétit. J'aime encore mieux croquer des araignées que de manger leur pâte de rats. Mais qu'est-ce que je vois, juste là ? »

La gorgone avait remarqué une autre bouche d'aération, similaire à celle où elle se trouvait et tout près d'une corde où séchaient des peaux de rats.

« Si je pouvais atteindre ces peaux, se dit-elle, je pourrais en voler quelques-unes et me confectionner des chaussures de fortune. De cette façon, j'arriverais à marcher plus vite et peut-être même à courir. Mes pieds me font si mal que cela ne pourrait que m'aider ! »

Comme elle l'avait souhaité, Médousa trouva assez facilement la sortie de la bouche d'aération et réussit à mettre la main sur une bonne dizaine de peaux de rats. En déchirant la fourrure en lanières avec ses dents, elle arriva à s'envelopper correctement les pieds.

« Me voilà plus à l'aise pour marcher. Je dois maintenant penser à un moyen de parcourir le maximum de distance en dépensant un minimum d'énergie. Qu'est-ce qu'Amos ferait s'il était à ma place ? »

La gorgone ferma les yeux et fit ce que Sartigan avait enseigné au porteur de masques : elle respira profondément afin de chasser les mauvaises vibrations et essaya de réfléchir.

« Il n'y a pas de problèmes insolubles, se répéta-t-elle plusieurs fois. Si Amos était là, il me ferait certainement remarquer que les nagas sont des créatures rampantes et que la seule façon de ne pas laisser de traces derrière moi serait d'utiliser mes ailes pour voler. Voilà qui est simple : planer d'une montagne à l'autre est mon unique chance d'échapper à ces monstres ! Courage, Médousa, il te faut maintenant grimper vers ton salut ! »

14
Borth copain, Tywyn aussi, mais pas Aylol

Quand il retrouva ses esprits, Béorf était suspendu à un arbre, la tête en bas, sur l'une des seules branches qui n'avaient pas été arrachées. Le gros garçon dégagea son pied avec difficulté de la fourche qui le retenait prisonnier et tomba lourdement sur le sol. Le souffle coupé par sa chute, il demeura immobile un bref instant.

«Ce n'était pas très ingénieux comme technique, pensa-t-il en se relevant péniblement. Aïe, que j'ai mal à la tête! J'ai l'impression qu'on me frappe les tempes avec un marteau…»

Une fois assis, le béorite essaya de se remémorer les événements qui l'avaient conduit là, dans cette étrange position. Il se rappelait bien le cachot à Bhogavati et son procès arrangé.

«Je me souviens d'être monté sur une estrade puis… puis d'avoir été enchaîné… Il y avait aussi un gros poisson… un monstre marin qui cherchait à me croquer… puis… plus rien ! Il faudra que j'exerce ma mémoire davantage ou que je cesse de fréquenter les nagas… »

Béorf essaya à quelques reprises de se lever, mais sans succès. La rigidité de ses muscles l'empêchait de se déplier.

« J'ai les jambes aussi raides que de la roche, soupira-t-il en se massant l'arrière des genoux. J'ai dû courir comme un dément ! On dirait même que j'ai des séquelles d'une solide rage guerrière… »

Alors que le jeune béorite tentait de nouveau de se remettre sur ses pieds, un tremblement de terre d'une bonne intensité le fit retomber sur son séant. Tout de suite, Béorf pensa au géant. Considérant qu'il valait peut-être mieux devant l'ennemi courir à quatre pattes que fuir sur deux jambes, il se transforma en ours et demeura sur ses gardes. Le gros garçon ne s'était pas trompé, car, à une demi-lieue derrière lui, était étendu sur le sol le corps de Borth et de Tywyn.

« Il a l'air mal en point, le pauvre bougre, pensa Béorf en le regardant à distance. Je devrais peut-être essayer de l'aider… Après tout, il est bête, mais je ne crois pas qu'il soit vraiment méchant… »

En prenant bien soin de ne pas se faire remarquer, il s'approcha lentement du corps du géant et l'entendit respirer difficilement.

– Je crois que c'est la fin, Borth! dit Tywyn avec un trémolo dans la voix.

– Tu as raison, ces nagas nous ont eus! répondit Borth sur le même ton.

– Nous ne survivrons pas à leurs flèches empoisonnées et nous allons mourir, fit Tywyn.

– Ce fut un plaisir de te connaître, Tywyn!

– Tout le plaisir fut pour moi, Borth!

– Adieu, Tywyn!

– Adieu, Borth!

Le géant ferma ses quatre yeux et donna l'impression de rendre son dernier soupir. Quelques vautours apparurent aussitôt dans le ciel en poussant de petits cris aigus. Puis, comme s'il avait été agacé d'être dérangé pendant la scène finale, le géant rouvrit les yeux, saisit une poignée de sable et la lança de toutes ses forces restantes en direction des rapaces. Les volatiles, déplumés par cette soudaine rafale de pierres, déguerpirent sans demander leur reste.

– Foutez-le camp, bande de mangeurs de charogne! s'écria Borth.

– Attendez au moins que nous soyons vraiment morts! lança Tywyn sur le même ton.

– Je déteste ces oiseaux, grogna Borth.

– Pas autant que moi, répliqua Tywyn.

– Le poison des nagas nous rend faibles, Tywyn, mais on dirait bien qu'on ne meurt plus, remarqua Borth.

– J'ai très envie de vomir, Borth, renchérit Tywyn.

– Si nous pouvions au moins retirer ces flèches de notre corps, se plaignit Borth, nous aurions peut-être encore une chance de nous en sortir.

– Nous avons essayé des dizaines de fois, lui rappela Tywyn, mais nos doigts sont trop gros et les dards, trop petits !

Ce fut ce moment que Béorf choisit pour se manifester.

– Je peux peut-être vous aider ? leur demanda-t-il.

– Regarde, Borth ! dit Tywyn. C'est le petit bonhomme que nous avons remis aux nagas.

– Ce n'est peut-être pas le même…, répondit Borth.

– Si, si, c'est lui ! insista Tywyn. Je le reconnais !

– Si vous le permettez, proposa Béorf, je peux retirer les flèches nagas de votre corps. Ainsi, vos plaies ne s'infecteront pas et votre corps se défendra mieux contre le poison.

– Ce n'est pas bête, déclara Borth en observant la réaction de Tywyn. Qu'il nous aide, après nous le mangerons !

– Ce ne serait pas très élégant de notre part, rétorqua Tywyn. Il ne faut pas manger les petites créatures qui nous veulent du bien, c'est ce que notre mère, la grande déesse, nous a toujours dit ! Je pense que nous ne devons pas le manger s'il nous aide.

– Dommage, soupira Borth d'un air renfrogné. J'ai si faim…

– Alors, vous profitez de mon aide ou je pars ? lança Béorf.

– Et que veux-tu en échange ? fit Tywyn.

– Devenir votre ami, c'est tout ! affirma le béorite.

– Un ami ? s'étonna Borth. Mais nous n'avons jamais eu d'amis, nous !

– Depuis toujours, Borth est l'ami de Tywyn, et Tywyn est l'ami de Borth ! renchérit Tywyn. Nous ne savons pas comment faire pour être les amis de quelqu'un d'autre.

– Je vous montrerai, les rassura Béorf qui se rapprochait de plus en plus. En vérité, c'est assez simple.

– Très bien, dit Borth avec un large sourire. Je suis d'accord, mais Tywyn doit aussi vouloir être ami avec toi, petite créature !

– Moi aussi, je suis d'accord, confirma Tywyn. Si tu nous retires les flèches, nous deviendrons amis.

– Très bien, je m'occupe de tout! s'exclama Béorf.

Docile, le géant ne broncha pas, et Béorf, malgré ses muscles endoloris, entreprit de lui retirer toutes les flèches empoisonnées des hommes-serpents. Pendant l'extraction des dards, Borth et Tywyn s'endormirent la bouche béante et commencèrent à ronfler comme des bienheureux.

– Faites de beaux rêves, leur murmura Béorf, et, à votre réveil, nous retournerons à Bhogavati, mais, cette fois, pour libérer Médousa et Lolya…

***

Les morts vivants avaient conduit Lolya à travers la ville sans attirer l'attention des gardes nagas. Ils se rendirent jusqu'au temple Seth Prohm, puis empruntèrent un long tunnel éclairé par de petites lampes à huile. Ce long passage, appelé «corridor de la mort» par les prisonniers des Nagas, menait à un petit poste de garde abandonné. Jadis, à l'époque glorieuse des procès publics, c'était par là que les victimes entraient dans la ville pour ne plus jamais en ressortir. Le passage était aujourd'hui très mal entretenu et n'était utilisé qu'à de rares occasions, surtout par des soldats qui voulaient quitter la ville discrètement avec une nouvelle conquête. Le système d'éclairage à l'huile de gras de rats était alimenté en permanence par de grands tuyaux reliés au gigantesque réservoir de la ville. Peu souvent nettoyées, les lampes dégageaient une odeur écœurante de pourriture.

Une fois arrivés au poste de garde, Lolya et les squelettes attendirent le troisième mort vivant qui arriva bientôt en portant les grimoires et le coffre à ingrédients de la nécromancienne. Bien escortée, la jeune Noire s'enfuit dans le désert et marcha une partie de la nuit avant qu'un de ses compagnons tombe face contre terre et disparaisse dans un nuage de poussière.

– Que lui est-il arrivé? demanda Lolya en dégainant sa dague.

– Le sort perd de sa puissance, répondit Aylol. Les autres disparaîtront aussi bientôt. Éloignons-nous de la ville le plus possible avant de perdre les deux qui restent.

– Oui, accélérons le pas!

La marche reprit de plus belle mais, quelques heures plus tard, un deuxième mort vivant s'affaissa sur le sol. À peine cinquante pas plus loin, le dernier tomba lui aussi en poussière.

– Bon…, soupira Lolya, me voilà toute seule maintenant pour porter mon coffre et mes grimoires !

Comme la nuit tirait à sa fin, la jeune fille décida de se trouver un coin à l'abri pour se reposer un peu. Elle se plaça entre deux grosses pierres d'un ancien éboulis. Morte de faim, elle marcha un peu autour de son campement afin de chercher de l'eau. Non sans peine, elle réussit à découvrir une minuscule flaque au fond d'une cavité dans la montagne. Lolya but quelques gorgées d'eau, puis en rapporta une gourde à son bivouac pour s'en faire un thé.

« Ces feuilles ont la particularité de couper la faim, se dit-elle en préparant son mélange. Et celles-ci me fortifieront un peu… »

À l'aide de deux silex, elle parvint à se faire un feu et attendit patiemment que son eau bouille.

– Tu crois que c'est le bon moment pour faire du thé ? se moqua la dague. Les nagas se lanceront bientôt à ta poursuite et ils te rattraperont facilement si tu ne bouges pas ! Nous devrions quitter cet endroit et retourner à Upsgran le plus vite possible.

– Et abandonner mes amis ? lança Lolya. Et Amos aussi ?

– Ma pauvre petite fille, fais-toi une raison! s'exclama Aylol. Tes amis doivent être morts depuis longtemps et *lui* ne retrouvera jamais son apparence normale! Il y avait beaucoup trop de poudre de mandragore dans ton mélange lorsque tu as fait les pierres de puissance!

– Je ne comprends pas…. Comment sais-tu la quantité de poudre que devait contenir ma préparation? Tu as lu les livres de l'alchimiste de l'île des harpies?

– Euh… euh…, hésita Aylol, en vérité, je…

– Tu me caches quelque chose, toi! dit Lolya en serrant les dents.

– Tu sais, je n'ai pas fait exprès de renverser la poudre de mandragore dans ton mélange! C'était une petite maladresse, rien de bien grave…

– QUOI! C'EST À CAUSE DE TOI QUE MES PIERRES DE PUISSANCE ONT TRANS-FORMÉ AMOS EN STATUE DE PIERRE?

– Peut-être un peu…, fit la dague en toussotant.

– ET POURQUOI TU NE M'AS RIEN DIT?!

– Parce que tu étais déjà très fatiguée et que je ne voulais pas t'obliger à tout recommencer! J'ai pensé que… qu'un peu plus de poudre de mandragore ne pouvait pas réellement nuire.

– Si je pouvais t'étriper, Aylol, je le ferais!
s'exclama Lolya. Et dire que toute cette
aventure aurait pu être évitée si tu avais parlé
de ça avant!

– J'avais peur que tu te fâches…

– Non, Aylol! Je te connais maintenant
trop bien pour savoir que tu as intentionnel-
lement versé la poudre dans ma préparation
en pensant ainsi te débarrasser d'Amos. Tu
voulais qu'il soit transformé en statue!
Tu voulais sa mort!

– NON! rétorqua la dague avec énergie.
Ton Amos Daragon m'exaspère, mais pas au
point de lui vouloir du mal! J'espérais
seulement le faire souffrir un peu… pour me
venger de toutes les fois où tu prononces son
nom avec extase!

– Tu es jalouse, Aylol, fit Lolya en détachant
la dague de sa ceinture. Je ne veux plus
te voir!

Consciente des conséquences que pouvait
avoir un trop grand éloignement de son arme,
la jeune Noire se contenta de la lancer à quelques
pas derrière elle. La dague de Baal heurta le sol
rocailleux en poussant un cri de panique.

– NE ME LAISSE PAS! JE NE VEUX PAS
MOURIR!

– FERME-LA! MOI AUSSI, J'AI ENVIE
DE VIVRE! répliqua Lolya. Je me fais un

thé… Je n'ai pas envie de te voir et je n'ai surtout plus la force de te parler!

– Très bien! Moi aussi, je n'ai plus envie de te parler! Au revoir!

– C'est ça, oui…

Comme elle allait infuser sa préparation dans l'eau bouillante, la nécromancienne se rappela le bol de thé chaud qu'elle avait trouvé dans le pavillon du bord du lac. En fouillant dans son coffre, elle retrouva la petite fiole dans laquelle elle avait récupéré le liquide. Curieusement, la substance était maintenant à l'état solide et s'était cristallisée en une magnifique pierre bleue.

«Bizarre, pensa-t-elle, je ne croyais pas que des pierres précieuses pouvaient ainsi se former à partir de liquide! Bizarre…»

15
Mékus et Médousa

– Quoi ? Il y a d'autres porteurs de masques ? s'écria Amos, estomaqué. Je ne suis pas le seul à devoir rétablir l'équilibre du monde ?

Pour toute réponse, Mékus sourit et fit signe à son compagnon de le suivre. Côte à côte, ils empruntèrent un petit sentier qui s'éloignait de la vallée des arches.

– D'après toi, à quoi sert la grande barrière que tu as déjà traversée pour te rendre à l'île de Freyja ?

– Elle sert à protéger les vivants du grand vide qui se trouve de l'autre côté de l'océan, répondit Amos. Enfin, c'est ce qu'on m'a appris !

– Eh bien, non ! lui révéla Mékus. Cette barrière a été créée par les dieux afin que les hommes des quatre continents qui constituent ce monde puissent ne jamais avoir de contact entre eux.

– Il existe quatre continents ? s'étonna le garçon. Quatre lieux où vivent des humains ?

– Exactement, continua l'élémental, un de ces continents représente l'élément «terre» et c'est précisément sur celui-là que tu as vu le jour. L'île de Freyja, que tu as déjà visitée, est la pointe d'un gigantesque continent d'îles qui appartient au monde aquatique. Plus au sud, c'est la terre de feu où rugissent en permanence des volcans, alors qu'à l'ouest se trouve le continent aérien, essentiellement composé de montagnes immenses.

– Je comprends… quatre éléments, quatre continents, quatre porteurs de masques! C'est logique!

– Et pour mener à bien la mission que la Dame blanche vous a confiée, à tous les quatre, vous devrez vous rencontrer et unir vos forces pour accomplir un exploit surhumain qu'aucun mortel n'a encore réussi.

– Quel est cet exploit?

– Je ne peux pas te le révéler, fit Mékus, mais je suis certain que vous allez trouver la solution pour libérer le monde de l'omniprésence des dieux.

– Et les autres porteurs de masques, ont-ils acquis le masque de l'éther?

– La représentante du monde aquatique est en possession de tous ses pouvoirs et elle attend patiemment le jour de la grande rencontre, répondit Mékus. L'envoyé du continent de feu et de cendre n'arrive pas encore à atteindre en lui le chemin de l'éther. C'est un garçon bouillant qui manque de patience et qui ne prend pas le temps nécessaire pour réfléchir à sa situation. La représentante de l'air est sur la bonne voie, mais elle est très vulnérable, puisqu'il lui manque encore trois pierres de puissance de son masque de la terre. Elle doit être très prudente car, comme une libellule, le moindre choc peut la tuer d'un coup. C'est d'ailleurs ce que les dieux tentent de faire au moment où nous nous parlons. Ils ont décidé de tout faire pour éliminer cette porteuse de masques afin que votre réunion n'ait jamais lieu. Car ils savent déjà qu'ils ne peuvent plus rien contre les trois autres!

– Lolya! Lolya est capable de créer des pierres de puissance de la terre! s'exclama Amos qui avait son idée. Une fois sorti d'ici, j'irai moi-même lui en remettre quelques-unes!

– Je crois bien qu'elle appréciera car, pour l'instant, sa situation est périlleuse et je sais qu'elle vit cachée afin d'éviter les regards inquisiteurs des dieux. Mais, d'abord, tu dois terminer cette quête…

– J'y pense, dit Amos, il n'y a donc pas de continent qui représente l'éther?

– Comme je te l'ai déjà dit, l'éther est la force qui unit les éléments, il s'agit d'une source infinie de puissance qui est à l'origine même de la vie.

Mékus s'arrêta et montra au porteur de masques une cascade qui coulait un peu plus loin sans le moindre bruit.

– Regarde, Amos. Il s'agit de l'énergie de la vie… Voici l'éther !

– On dirait une simple chute d'eau, répondit le garçon.

– C'est ainsi que tu la vois, mais c'est beaucoup plus que ça. C'est l'énergie même de la Dame blanche ! Sans cette force, notre monde disparaîtrait dans le néant…

– La force inépuisable dont Sartigan m'a souvent parlé, murmura Amos en se remémorant les enseignements de son maître.

– Exactement, confirma Mékus. On ne doit pas nécessairement être un porteur de masques pour atteindre cet endroit. Ce lieu est accessible à tous ceux qui accomplissent un voyage intérieur et qui n'ont pas peur de se remettre en question. Sartigan puise sa force et sa sagesse dans cette source depuis toujours.

– Mais pourquoi cette source est-elle si difficile à trouver ?

– Il y a de vieilles légendes, poursuivit Mékus, qui racontent que, dans les temps anciens, la Dame blanche avait rendu l'éther accessible à toutes ses créatures terrestres. La source rendait les humains quasi immortels et leur accordait des pouvoirs extraordinaires. Seulement, certains hommes voulurent la détourner et se l'approprier pour eux seuls. Ce fut le début de guerres sanglantes et de conflits entre les peuples. La Dame blanche décida donc de retirer l'éther du monde des vivants et chercha un endroit pour le cacher, un endroit où il serait très difficile de le retrouver. Elle pensa à l'enterrer profondément, mais elle changea vite d'idée. Un homme allait un jour creuser et, par hasard, le découvrir. Elle pensa à placer sa source d'éther au fond des mers, mais des créatures comme les merriens ou les sirènes auraient eu tôt fait de s'en emparer et de l'utiliser contre d'éventuels ennemis. Il ne restait qu'un endroit possible pour enfouir cette grandiose source d'énergie…

– Un endroit où les hommes ne penseraient jamais à la chercher, continua Amos, c'est-à-dire au plus profond d'eux. Il ne sert donc à rien d'explorer, d'escalader, de plonger et de creuser, car toute la force dont nous avons besoin pour accomplir de grandes choses se trouve en nous.

– Tu comprends vite, Amos, dit Mékus en souriant. De tous les porteurs de masques, tu es assurément le plus sage.

– Alors, quelle est la prochaine épreuve maintenant ? Il me tarde de l'accomplir !

– Les épreuves sont terminées, Amos, il ne te reste plus qu'à plonger dans l'éther !

– Mais… mais il manque encore une pierre à mon masque de l'eau, s'inquiéta le garçon. Je n'arriverai jamais à un plein contrôle de ma magie sans cela !

– J'ai laissé la pierre qui te manque derrière nous, le rassura Mékus. J'espère seulement que tes amis l'auront trouvée !

***

Malgré tous ses efforts pour essayer de semer ses poursuivants, Médousa avait une dizaine de nagas à ses trousses. Ses bonds répétés d'une colline à une autre et ses longs vols planés avaient malheureusement attiré l'attention des meilleurs chasseurs. Aussi plusieurs de leurs flèches avaient bien failli l'abattre en plein ciel. Heureusement pour la gorgone, la nuit était tombée et, son habileté à se déplacer dans le noir aidant, elle avait pu prendre un peu d'avance.

Devant l'urgence de sauver sa vie, Médousa avait oublié ses douleurs et, comme un animal traqué, elle avait appliqué toute son énergie à courir le plus rapidement possible, le plus loin possible. Ses protections en peaux de rats tenaient bien le coup et l'empêchaient de se blesser davantage sur de petits cailloux ou des rochers coupants. Hypnotisée par le rythme constant de ses pas, elle ne reconnut pas tout de suite la petite rivière vers laquelle elle se dirigeait à vive allure. Ce ne fut qu'une fois entourée de vieilles femmes qui portaient de lourds ballots de vêtements souillés de sang qu'elle comprit qu'elle était de retour chez les kannerezed-noz!

Comme si tout le poids de sa vie lui était tombé d'un coup sur les épaules, la gorgone s'écroula en sanglotant. C'en était trop! Elle avait réussi à s'éloigner de Bhogavati, à surmonter la douleur de ses blessures, puis, à sa grande surprise, à gagner du terrain sur ses poursuivants, et tout cela pourquoi? Pour retomber dans le même piège qu'elle avait évité de justesse à son premier passage!

– Allez! Tuez-moi! hurla-t-elle en frappant le sol de désespoir. Je n'en peux plus… je ne suis plus capable…

Les lavandières maudites se mirent à l'entourer lentement. Ces spectres sans pitié se réjouissaient d'avoir enfin une victime à égorger.

«C'est aujourd'hui que je meurs, pensa Médousa en pleurant toujours à chaudes larmes.

Je n'aurai même pas eu le temps de dire à Béorf la moitié des choses dont j'ai rêvé pour nous deux. Je vais quitter ce monde dans la souffrance, alors que j'aurais aimé m'éteindre paisiblement en admirant la baie d'Upsgran. Je désirais faire tant de choses encore… »

Les kannerezed-noz allaient la saisir pour la déchiqueter vivante quand les chasseurs nagas débouchèrent dans la vallée. Les spectres se retournèrent alors vers les intrus et négligèrent Médousa quelques secondes. C'était juste le temps dont Borth et Tywyn avaient besoin pour étirer un bras et s'emparer de la gorgone.

Le géant avait suivi de loin la course effrénée de Médousa, mais ne voulait pas être aperçu des chasseurs nagas. Sur la pointe des pieds, il s'était approché des kannerezed-noz pour leur subtiliser la jeune créature dont ils prirent garde de ne pas croiser le regard, ainsi que Béorf le leur avait recommandé.

La gorgone se retrouva entre les doigts du géant Borth et Tywyn qui déguerpit à toute vitesse en faisant trembler la terre sous ses pas. Bien vite, les poursuivants de Médousa furent à leur tour assaillis par les lavandières en furie et ne purent donc pas continuer la chasse.

« Voilà autre chose ! songea Médousa, à bout de nerfs. Au lieu de finir déchiquetée par les kannerez-noz, je vais être écrabouillée par un géant à deux têtes ! »

– Nous l'avons dans notre main, dit Borth à Tywyn.

– Il faut faire attention de ne pas la broyer ! ajouta Tywyn.

– Car notre nouvel ami ne serait pas content ! déclara encore Borth.

– Il ne faut pas déplaire à notre ami. Grâce à lui, nous nous portons un peu mieux…, ajouta Tywyn.

– Nous ne ressentons presque plus les effets du poison des nagas ! se réjouit Borth.

– Moi, je ne vomis plus…, lança Tywyn.

– Et moi, je n'ai plus mal à la tête ! renchérit Borth.

Médousa, qui s'attendait à être avalée, d'une seconde à l'autre, par l'une des deux gigantesques bouches du géant, fut étonnée de le voir se diriger vers la lumière d'un grand feu de camp. À sa grande surprise, il la déposa délicatement tout près du feu où Béorf l'attendait ! Le gros garçon, remarquant tout de suite que sa copine n'avait plus ses luri-nettes, la serra dans ses bras en prenant bien soin d'éviter de la regarder dans les yeux. Il fallut à la Gorgone une grosse minute pour comprendre qu'elle n'était plus en danger et que son cauchemar avait pris fin.

– Ma belle Médousa, tu es dans un état épouvantable…, lui murmura Béorf à l'oreille. Je veillerai sur toi, tu n'as plus rien à craindre maintenant.

– Mais… je ne comprends pas… Béorf! C'est bien toi?! s'exclama la gorgone en savourant chaque seconde. Je suis si contente de te voir… Tu ne peux pas savoir ce qu'ils m'ont fait… J'ai été torturée dans le palais de…

– Chuuut! lui fit le Béorite en maintenant son étreinte. Tu me raconteras tout cela plus tard… Pour l'instant, tu dois te reposer et manger un peu. J'ai réussi à capturer quelques faisans sauvages que j'ai fait griller.

– Attention à mes yeux, je n'ai plus mes lurinettes!

– Je sais, j'ai remarqué… Je te confection-nerai un capuchon lorsque nous aurons retrouvé notre matériel de voyage.

– Mes choses à moi sont dans la cité…

– Sois tranquille, nous trouverons bien une façon de récupérer nos affaires, notre charrette et la statue d'Amos! Avec Borth et Tywyn, nous disposons d'un compagnon redoutable…

– Ferme les yeux, Béorf…, demanda tendrement Médousa. Et ne les ouvre surtout pas!

Le gros garçon obéit sans poser de question.

Médousa déposa sur les lèvres de son ami un baiser qui le propulsa dans un état second.

– C'est tellement bon de te retrouver, lui dit-elle.

16
L'avenir de Lolya

Amos s'avança lentement et avec précaution dans la cascade de l'éther. Le garçon frémit en ressentant la force de cette énergie pure. Ses poils et ses cheveux se dressèrent dans de gros frissons alternant entre la chaleur et le froid. Le porteur de masques avait les deux pieds dans l'énergie de la Dame blanche.

Comme une prière, Mékus se mit à réciter:

– Dans chaque être vivant du monde de la Dame blanche, il existe une eau silencieuse, d'une pureté exceptionnelle, qui demeure intarissable. Cette force est la même que celle qui se trouve dans les arbres, les animaux, les éléments, les humains et les humanoïdes. Chaque créature vivante est un puits. Tous les puits sont différents, mais l'eau est toujours la même partout. L'éther est cette eau, cette énergie qui relie tous les êtres entre eux.

Amos entra jusqu'aux genoux dans la cascade. Une sensation de picotements lui parcourut tout le corps, et de petits arcs électriques se manifestèrent par vagues autour de lui. Ses dents se mirent à claquer comme s'il avait froid, alors qu'il suait à grosses gouttes.

L'élémental continua son laïus :

– Te voici dans le passage vers un autre niveau de conscience, vers une autre façon de manipuler les éléments autour de toi. Comme un poisson en quête de nourriture soudainement attiré par l'appât d'un pêcheur, tu dois accepter de mordre à l'hameçon afin d'atteindre une nouvelle réalité. Tu cesseras alors d'être nourri par le monde de la Dame blanche et tu deviendras toi-même un élément nourrissant pour tes semblables.

Le cœur serré et l'esprit troublé par les paroles de Mékus, le porteur de masques fit un autre pas et s'immergea jusqu'à la taille. À sa grande surprise, il remarqua que le bas de son corps s'était complètement dissous dans l'éther et qu'il ne se déplaçait plus que par la force de son esprit. Il ne sentait plus ni ses pieds ni ses jambes, ce qui le fit douter quelques secondes de la nécessité de l'exercice. Était-il bien nécessaire de disparaître complètement pour accéder au masque de l'éther ?

– Ne recule pas, Amos ! lança Mékus avec un geste lui indiquant de poursuivre. Les êtres vivants regardent le monde à travers la vitre épaisse de leur prison corporelle. Tu dois faire le sacrifice de ton corps à l'énergie de l'éther pour renaître ensuite sous une autre forme. Tu dois te fondre dans la force de la vie pour ensuite pouvoir mieux manipuler les éléments. Fais confiance à l'éther…

Suivant les conseils de Mékus, Amos continua à avancer jusqu'à ce que la cascade lui coule sous les bras.

– Laisse-toi aller, reprit Mékus. Tu te sens comme un iceberg qui tente de conserver sa forme alors qu'il est à la dérive, vers les mers chaudes. Tu dois accepter de te fondre dans l'éther, car tu es constitué de cet éther !

Amos s'abandonna alors aux flots énergétiques de la cascade et il se dématérialisa dans le courant.

***

Lolya, éreintée et affamée, ferma les yeux en espérant sombrer rapidement dans un sommeil réparateur. Elle se sentait très mal à l'aise dans sa robe souillée, et ses cheveux sales l'incommodaient pour dormir. La jeune fille avait l'impression que des colonies entières de poux voraces lui grignotaient le cuir chevelu. La bouche sèche et les narines presque bloquées par la poussière des montagnes semi-désertiques, elle avait de longues quintes de toux qui se terminaient parfois en vomissements.

Entre le rêve et la réalité, Lolya s'imagina dans son pays natal, sur l'une des nombreuses plages du pays dogon, en train de ramasser des coquillages. Il y en avait de toutes les sortes et de toutes les couleurs. Alors qu'elle s'amusait à nettoyer une de ses trouvailles, elle sentit que quelqu'un l'observait. Elle reconnut le profil de celui qu'elle aimait. Amos venait d'arriver !

La jeune Noire fut surprise de le voir plus âgé, car le garçon qui se trouvait maintenant à ses côtés devait bien avoir une vingtaine d'années. Soudain, elle constata qu'elle aussi avait vieilli et qu'elle était devenue adulte. De plus, elle était enceinte !

– La mer est belle, n'est-ce pas, Lolya ? lui dit Amos en s'assoyant sur le sable.

– Oh oui ! Regarde ! répondit-elle en lui présentant quelques coquillages. Tu crois que notre enfant les aimera ? J'adore leurs couleurs ! Les rouges sont si vifs.

– Il les adorera, surtout venant de sa mère ! répondit le jeune homme en l'embrassant sur la joue. Assieds-toi près de moi, j'ai quelque chose à te dire…

– Je t'écoute, fit Lolya en prenant maladroitement place auprès d'Amos. Ce gros ventre me donne de plus en plus de difficulté! Décidément, je n'ai plus l'agilité d'avant!

– Je veux que tu écoutes bien ce que j'ai à te dire, Lolya, commença-t-il sérieusement. Je ne peux te parler que par le biais de songes…

– Quel songe, Amos?

– Celui-ci, Lolya… Ce que tu vis ici est peut-être un moment de notre vie future si les choses tournent bien pour nous. Ce n'est pas la réalité.

– Arrête avec tes énigmes, lui ordonna Lolya. Tu n'es pas drôle! Ta mission est terminée, Amos, et nous avons décidé de fonder une famille! Cesse tes enfantillages…

– Je suis sérieux. J'ai besoin de la pierre bleue, Lolya, continua le jeune homme. Il faut que tu déposes la pierre bleue dans la paume de ma main. Rappelle-toi bien de cela à ton réveil. La pierre bleue dans ma main.

– Quelle pierre bleue? De quoi parles-tu, Amos?

Lolya n'eut pas le temps de comprendre ce qui lui arrivait qu'elle était maintenant âgée d'une trentaine d'années. Elle fut transportée dans une chambre du château de Berrion où on frappait à la porte.

– Entrez! dit-elle, un peu confuse.

C'est alors qu'une jolie mulâtre de huit ans ouvrit la porte, en larmes.

– Maman! s'exclama-t-elle en se jetant dans les bras de Lolya. Il m'a tiré les cheveux!

– Et qui t'a encore fait ça? lui demanda-t-elle tendrement.

– Oncle Béorf! Il n'arrête pas de m'embêter! Et puis, il se transforme la figure en ours pour me faire peur… Je le déteste!

– Je m'occupe du gros monstre, dit une voix derrière Lolya.

– PAPA! s'écria la petite.

– Va voir tante Médousa et raconte-lui tout, suggéra Amos à sa fille. Je suis certain qu'elle saura remettre ce gros ours mal léché à sa place! Sinon, je te promets de le faire moi-même.

– D'accord! se réjouit l'enfant.

– Sois sage et nous demanderons à Maelström s'il veut nous amener dans le ciel pour te consoler, ajouta Amos.

– Chouette!

Aussitôt, la petite partit à grands pas pour aller se vider le cœur auprès de Médousa.

– Elle est si jolie! fit Lolya, attendrie, en regardant sa fille déguerpir.

– Aussi belle que nos deux garçons, répondit Amos, mais elle est beaucoup plus pleurnicharde! Un peu comme sa mère…

– Redis cela encore une fois et je t'envoie au tapis! le taquina Lolya en lui montrant son poing.

– Écoute-moi, Lolya. Tu veux bien me donner la pierre bleue de ton flacon, là, dans ton coffre à potions ?

– Quelles potions ? Quel coffre ?

– Celui qui se trouve juste à côté de toi, dans les montagnes de l'Hyperborée, Lolya !

– Les montagnes de l'Hyperborée ?!

Encore une fois, Lolya fit un bond dans le temps et se retrouva en tête à tête, dans une magnifique auberge, avec Médousa. La gorgone avait vieilli, tout en beauté. Elle était magnifiquement habillée d'une robe de soie rouge et portait de splendides lurinettes dorées. Quelques rides lui sillonnaient le visage, lui conférant un air d'assurance et de maturité.

– Comme je te le disais, lui confia la gorgone, heureusement que, toi et Amos, vous avez eu des enfants. Ils ont rendu Béorf si heureux…

– C'est dommage pour vous…, hésita Lolya. Je veux dire… que vous n'ayez pas pu en avoir. Tu aurais été une très bonne mère, tu sais.

– Nos cœurs ont toujours été compatibles, mais pas nos races ! soupira Médousa. Même après toutes ces années, nous nous aimons encore follement ! Je suis chanceuse d'avoir trouvé si jeune l'homme de ma vie…

– Même chose pour moi, fit Lolya en prenant une gorgée de vin.

– Ah, j'oubliais! s'exclama la gorgone. Avant de partir à la pêche avec Béorf, Amos m'a chargée de te dire de… attends… de retrouver la statue de son corps et de lui mettre la pierre bleue dans la paume de sa main.

– Pardon? s'étonna Lolya. Je ne comprends rien à ce message!

– Fais un effort, mon amie, insista Médousa, nos vies et notre avenir dépendent de ce message. Amos doit prendre des moyens détournés pour s'adresser à toi! Il est prêt à se rétablir, mais il doit impérativement posséder la dernière pierre de puissance qui manque à son masque de l'eau. Tu comprends ce que je te dis?

– Mais tu délires, ma pauvre Médousa! lança Lolya en rigolant. De quoi parles-tu?

– Tes rêves ne sont pas la réalité, ma vieille amie! Réveille-toi et tu verras!

– Me réveiller? Tu veux que je me réveille?

– RÉVEILLE-TOI TOUT DE SUITE!

Lolya ouvrit les yeux en poussant un cri. Elle regarda autour d'elle afin de se situer et dut se pincer plusieurs fois pour se convaincre qu'elle ne dormait plus. Ses rêves lui avaient paru si réels, si vrais qu'elle eut même un pincement au cœur en s'imaginant avoir perdu ses enfants.

Encore salie par son passage dans la prison des nagas, la jeune fille se secoua un peu avant de fouiller dans son coffre à ingrédients. Elle mit tout de suite la main sur la pierre bleue et l'observa attentivement. Le joyau semblait avoir la même densité que les pierres de puissance de la terre qu'elle avait créées.

« Ça y est, j'ai compris, Amos ! songea-t-elle en brisant le flacon pour récupérer la pierre. Notre avenir dépend de ma réussite ou de mon échec ! Tu comptes sur moi pour te venir en aide… et je n'échouerai pas… Maintenant, je dois penser à un plan pour retourner chez les nagas et… »

– LOOOOLYA ! entendit-elle soudainement au loin.

« Qu'est-ce que c'est ? » se demanda la jeune Noire en empoignant sa dague.

– LOOOOLYA ! hurla de nouveau une autre voix plus nasillarde.

La nécromancienne sortit de sa cachette et aperçut le géant à deux têtes qui scandait son nom à travers les montagnes.

– Tu crois que nous la retrouverons ? demanda Borth à Tywyn.

– J'espère bien, répondit Tywyn. Elle pourrait aussi devenir notre amie !

— Tu crois qu'elle le voudra ? fit Borth.

— Pourquoi pas ? lança Tywyn. Nous sommes très convoités, ces temps-ci ! Personne ne nous résiste !

— C'est bien vrai, admit Borth. D'ailleurs, je trouve que tu as meilleur caractère depuis que nous avons des amis.

— Moi aussi, je trouve que tu es beaucoup mieux, déclara Tywyn en affichant un sourire édenté.

— LOOOOLYA ! hurla encore Borth de toutes ses forces.

Comme la nécromancienne allait leur répondre, la dague de Baal intervint :

— Je t'interdis de mettre notre vie en danger encore une fois ! Ce géant est un monstre qui va te dévorer ! Sois prudente si tu veux avoir un avenir !!!

— Si tu avais vécu le merveilleux rêve que j'ai fait, Aylol, tu n'hésiterais pas à suivre ton cœur et à prendre le risque de répondre au géant. Ce n'est pas un monstre qui m'appelle, c'est ma nouvelle vie !

17
Le sauvetage de la statue

Quand le géant la déposa auprès de Béorf et de Médousa, Lolya se jeta dans leurs bras en pleurant de joie. La gorgone était toujours couverte d'ecchymoses et de blessures, mais son moral était au beau fixe. Borth et Tywyn ayant rempli d'eau quelques vieux barils qu'ils avaient trouvés dans un ancien village détruit par les nagas, Lolya put boire à sa guise et prendre ensuite un bain. Béorf fit griller sur le feu de savoureux faisans sauvages dont se régala la nouvelle arrivée. Quant au géant, toujours affamé, il n'avait fait qu'une bouchée des cinq volailles que lui avait préparées Béorf. Pourtant, il se promenait autour du camp en cherchant encore de la nourriture. Sa seule présence avait fait fuir de nombreux chasseurs nagas qui, toujours à la poursuite de la gorgone, ne se doutaient pas que leur proie était sous la protection du monstre.

Une fois que les trois amis se furent raconté leurs mésaventures et eurent expliqué comment ils avaient fui la cité nagas, la discussion se concentra sur Amos.

– Comment allons-nous faire pour le récupérer? demanda Béorf, soucieux. Si au moins j'avais pris Gungnir avec moi, nous aurions pu faire une entrée réussie dans la cité!

– Ç'aurait été encore mieux si Maelström avait été là, enchaîna Lolya. Il aurait pu plonger vers la statue et la saisir au passage. En quelques minutes, nous aurions récupéré Amos.

– Nous devons… absolument… le sortir de là! dit Médousa dont la voix était encore chevrotante. Si les visions de Lolya… sont justes… nous devons absolument lui… mettre la pierre bleue dans la paume de la… de la main.

– Mais les nagas sont partout! s'exclama Béorf. Et avec cette chasse à la gorgone, nous risquons d'en croiser beaucoup avant d'atteindre la ville! Il sera presque impossible d'entrer dans Bhogavati sans se faire remarquer et encore moins d'en ressortir avec la statue d'Amos.

– Nous pourrions emprunter le passage par lequel j'ai pris la fuite! proposa Lolya, le visage éclairé.

– Mais nous… ne savons même pas… où est la statue d'Amos, ajouta Médousa. Nous ne pouvons… sûrement pas faire le tour… de tous les bâtiments pour essayer de… de le retrouver!

– Effectivement, convint Lolya, nous n'aurons pas le loisir de faire une visite touristique.

– Il doit certainement y avoir un moyen, affirma Béorf en se concentrant. Amos dit qu'il y a toujours une solution à tout!

– Il nous faut procéder par élimination, proposa Lolya.

– Très bien…, approuva Médousa. Alors, éliminons l'attaque… par la force, nous… nous ne sommes pas assez nombreux… et nous n'avons pas la lance de Béorf!

– Nous éliminons aussi l'arrivée dans la cité par les airs, continua Béorf. Sans Maelström et vu l'état de Médousa, c'est impossible.

– Et si nous entrons dans la ville par le tunnel, déclara la nécromancienne, nous nous ferons remarquer à coup sûr! À moins d'en faire sortir tous les nagas!

– OUI! Si la ville était déserte…, dit la gorgone, nous aurions peut-être le temps de… de fouiller pour trouver la… la statue d'Amos.

– Mais comment peut-on réussir à vider toute la ville de ses habitants? interrogea le gros garçon.

– Il leur faudrait une motivation assez grande pour ça, répondit Lolya. Qu'est-ce qui provoquerait en eux assez de passion pour tous les pousser à courir en dehors des murs?

– LE JEU! s'exclama Médousa. La chasse à… à la gorgone!

– Mais oui… c'est ça! clama Béorf. Nous devons organiser la capture de Médousa et… et organiser sa décapitation publique à l'extérieur des murs.

– Euh…, fit la gorgone, inquiète, je ne suis pas… très sûre de… bien te suivre, là…

– Pour que mon plan soit parfait, continua Béorf sans prêter attention à la principale intéressée, il nous faudrait la participation d'un nagas. En plus, avec l'aide de Borth et de Tywyn pour tenir la foule en respect, je crois bien que ce serait réalisable.

– Béorf! l'interrompit Médousa. Je n'ai pas envie… d'être décapitée en public! Et d'abord, où trouveras-tu… un nagas prêt à nous donner un… un coup de main?

– Je peux peut-être en charmer un, moi! intervint Lolya avec ardeur. Dans le grimoire de Baya Gaya, il y a une foule de sorts qui servent à exercer différents contrôles mentaux sur une victime. Je pourrais ensorceler un de ces nagas et en faire notre marionnette!

– D'accord! s'écria Béorf, de plus en plus emballé par cette idée. Nous sommes sur la bonne voie! Quand tu seras prête, Lolya, je demanderai à Borth et à Tywyn de nous capturer un nagas.

– Je sais où il pourra… en trouver quelques-uns, précisa la gorgone, gagnée par l'enthousiasme de ses compagnons. J'ai découvert une caverne où… où les nagas élèvent un nombre incroyable de rats. À cet endroit, Borth et Tywyn pourront… facilement capturer un homme-serpent et… et casser la croûte s'ils en ont envie. Si ce géant aime… manger des rongeurs, il sera servi…

– Ce sera une belle récompense pour sa loyauté envers nous, dit Lolya.

Le géant s'approcha des adolescents.

– Tywyn n'arrête pas de me dire qu'il a faim! marmonna Borth en regardant Béorf.

– Borth n'arrête pas non plus de se plaindre! lança Tywyn en faisant les yeux doux à Lolya.

– Borth et Tywyn pourraient-ils avoir encore des faisans de leur ami Béorf? demandèrent Borth et Tywyn de concert.

– Venez ici! leur ordonna le béorite en faisant un grand signe. Dites-moi, Borth et Tywyn, aimez-vous la viande de rat?

– Miam, fit Borth, les rats ont un goût sucré. C'est bon, les rats.

— Miam, l'imita Tywyn, les souris aussi, mais il en faut beaucoup plus.

— Alors, écoutez-moi bien. Nous voulons jouer un tour aux nagas, leur confia Béorf comme s'il s'agissait d'un secret. Si vous voulez nous aider, je vous promets des centaines de rats à manger et autant de souris à déguster !

— Borth est très intéressé ! dit Borth en se léchant les babines.

— Tywyn aussi ! enchaîna Tywyn avec un sourire béat.

— Alors voici le plan, commença à expliquer Béorf.

***

En suivant les indications de Médousa, le géant chercha pendant de longues heures l'élevage de rats des nagas. Incapable de trouver l'endroit, il rebroussa chemin trois fois pour demander plus de détails à la gorgone. Celle-ci décida donc de l'accompagner, malgré ses blessures, et prit place entre ses deux têtes. De cette façon, la gorgone pouvait donner ses indications à quatre oreilles à la fois, ce qui facilita grandement la communication. Malgré toute leur bonne volonté, Borth et Tywyn étaient incapables de s'orienter correctement sans l'aide d'une tierce personne. Les deux têtes avaient une mémoire très sélective qui ne leur permettait pas de retenir des choses complexes comme certains trajets à suivre. Involontairement, ils oubliaient des indications, se convainquaient de faussetés ou s'inventaient tout simplement de nouvelles informations.

– Tout droit, je vous répète! s'impatienta Médousa.

– À droite? Très bien! fit Borth.

– Mais non, soupira la gorgone, droit devant vous!

– Mais si je regarde à gauche, demanda Tywyn, est-ce que je dois tourner pour aller droit devant moi?

– Bonne question! s'étonna Borth. C'est vrai ce que tu dis là!

– Si vous le permettez, je ne répondrai pas! Regardez l'horizon... Vous voyez la colline où trônent deux gros rochers? Bon, prenons cette direction! Le grenier des nagas est juste dessous...

– Bonne cachette! lança Borth en salivant.

– Enfin, nous allons manger! s'écria Tywyn, le cœur battant.

Au pied de la colline, le géant déposa Médousa par terre et saliva en pensant au festin qui l'attendait. Borth glissa ses doigts dans deux trous d'aération assez profonds alors que Tywyn en faisait autant de son côté.

Le spectacle auquel la gorgone assista alors allait demeurer à jamais imprimé dans sa mémoire. En contractant ses muscles, l'immense monstre à deux têtes réussit à arracher le dessus de la petite montagne comme s'il s'agissait du chapeau d'un champignon. Un gigantesque tremblement de terre secoua toute la contrée lorsque le colosse lança le capuchon de la colline derrière lui.

Affamés, Borth et Tywyn agrippèrent des cages de rats et de souris et les vidèrent dans leurs deux énormes bouches comme s'il s'agissait de sachets de friandises. À la vue du géant, les éleveurs de rongeurs, les bouchers et les tanneurs nagas se ruèrent vers les sorties en espérant ne pas finir dans le ventre de l'abominable créature. Ce fut le moment que choisit le géant pour en saisir un au hasard et le fourrer dans son immense bourse de cuir. Bien avant que l'armée des hommes-serpents n'arrive sur les lieux, Borth et Tywyn avaient déjà tout gobé et se dirigeaient vers le camp où Lolya attendait un cobaye pour lui lancer le sort qui le priverait de toute volonté.

Afin de calmer un peu le nagas qui se tortillait furieusement dans son sac, Borth lui donna quelques coups de son index. Tywyn, qui ne voulait pas demeurer en reste, le secoua à son tour une bonne dizaine de fois afin de l'étourdir un peu plus. Lorsqu'il fut libéré du sac, le prisonnier tomba aux pieds de Lolya. Complètement sonné, le pauvre essaya de reprendre son équilibre, mais il s'avoua vite vaincu et resta sagement sur le sol.

Béorf se mit aussitôt à califourchon sur lui et ramena sa tête en arrière. Cette prise eut pour effet d'ouvrir grande la bouche du nagas afin que Lolya y verse une potion spéciale préparée avec les formules de Baya Gaya. Forcé d'avaler le liquide, le nagas n'en fit qu'une gorgée. Le béorite s'éloigna ensuite pour laisser respirer sa victime tout en la surveillant attentivement. Prêt à neutraliser l'homme-serpent si les choses tournaient mal, il fut surpris de la vitesse à laquelle agit la préparation. En quelques secondes, le nagas perdit toute forme de volonté et demeura par terre, sans bouger, en attendant d'être commandé.

Lolya prit alors le grimoire de la vieille sorcière et prononça une quantité de formules incompréhensibles qui eurent pour effet d'animer l'homme-serpent. Celui-ci se releva d'un bond et se plaça face à Lolya.

— Je suis ta vie et je suis ton âme, dit d'abord la nécromancienne, je suis ta volonté et ta passion. Pour me plaire, tu feras tout ce que je t'ordonnerai… Tu es aujourd'hui et pour toujours, jusqu'à ce que je te libère, mon esclave.

– Je le, siii, suis, affirma respectueusement le nagas en s'inclinant.

– Bien, continua Lolya, garde le camp et assure-toi qu'aucun autre nagas ne s'en approche. Tu leur diras que tu chasses aussi la gorgone pour le grand jeu et qu'elle n'est pas dans les environs. Si tu as un problème avec des intrus, demande au géant de te venir en aide.

– BORTH ET TYWYN! appela Béorf.

– Oui? répondit Borth qui, repu, se préparait à faire la sieste.

– Que se passe-t-il? lança Tywyn, presque endormi.

– Le nagas que vous avez ramené est maintenant notre ami, expliqua le béorite qui avait rejoint le géant. Il ne faut pas lui faire de mal! C'est compris?

– C'est amusant, ça! fit Borth. Nous avons maintenant un ami nagas.

– Tais-toi, Borth! lui ordonna Tywyn en bâillant. Je veux dormir…

Béorf se tourna vers ses amies.

– Voilà qui est parfait! La première partie de notre plan fonctionne à merveille. Quelle est la suite?

– Nous allons amener le nagas au faîte d'une colline près de Bhogavati, exposa Lolya. Il se tiendra debout sur le corps du géant qui, lui, fera semblant d'être mort. Quant à Médousa qui jouera la prisonnière, elle se tiendra aussi sur le géant, à côté de notre faux chasseur nagas, attendant d'être décapitée par son épée. La scène devrait attirer l'attention de tous les nagas qui, à mesure que la rumeur se répandra, quitteront la ville pour aller assister à la décapitation publique de Médousa !

– Et toi, où seras-tu ? l'interrogea la gorgone qui craignait de rester seule.

– Juste derrière le nagas, la rassura Lolya. Je lui dirai quoi dire et comment agir.

– Et moi ? demanda Béorf. Je rentre toujours dans la ville pour trouver la statue d'Amos et la sortir de là ?

– Oui et, comme tu seras seul pour accomplir cette tâche, précisa la nécromancienne, il faudra que tu sois rapide, car tu n'auras pas beaucoup de temps.

– Je serai prêt ! Je courrai comme jamais un ours n'a couru sur ce continent…

– Très bien ! conclut Lolya. Réveillons Borth et Tywyn, ils se rendormiront là-bas ; ça ne fera que plus réel !

À cause de sa taille et de son poids, Karmakas n'avait pu participer au grand jeu de chasse de Serpent XIV. Avec son corps de golem, il ne possédait plus l'agilité indispensable à tout bon chasseur. Jugé responsable de l'évasion de Béorf et de Lolya, il avait été rétrogradé par le souverain et dirigeait maintenant la sécurité à l'extérieur de Bhogavati. Lui, ancien chef des armées, était devenu, jusqu'à nouvel ordre, un simple officier à la tête de quelques postes de garde. Tous les jours, il devait accomplir une ronde fatigante autour de la cité, remplir de fastidieux rapports qui aboutissaient invariablement dans la poubelle de son supérieur et également s'assurer de la propreté des grandes portes et des temples d'accueil. Lui qui avait connu l'ivresse du pouvoir à l'époque où il commandait des troupes, il n'était plus que le valet de service de son propre peuple et la risée de bon nombre de ses anciens subordonnés.

C'est donc Karmakas qui, le premier, vit s'approcher de Bhogavati le monstrueux géant à deux têtes. Comme un bon gardien, il ordonna tout de suite qu'on sonne l'alerte. Le golem avait la certitude que Borth et Tywyn, qui s'en étaient pris plus tôt à un élevage de rats, allaient maintenant jeter leur dévolu sur la cité. Aussi, quelle ne fut pas sa surprise lorsqu'il vit le géant s'affaisser avant même d'avoir atteint la ville! Le colosse tomba à plat ventre au sommet d'une colline, exactement comme s'il avait été terrassé par la foudre.

Appelé en renfort par le signal de Karmakas, un bataillon de l'armée royale s'avança avec précaution vers le gigantesque corps et l'observa attentivement. Le monstre à deux têtes semblait bel et bien mort. C'est alors qu'une voix puissante de nagas s'éleva.

– JE SUIS NAGILIS, SIII! hurla le nagas ensorcelé aux soldats stupéfaits. J'AI VAINCU LE GÉANT, SIII, QUI A DÉVASTÉ UN DES IMPORTANTS GRENIERS DE NOTRE PEUPLE ET…

C'est à ce moment que Médousa se plaça à ses côtés.

– ET, SIII, JE ME PRÉPARE À DÉCAPITER MA PROIE! JE SUIS LE GRAND CHAMPION, SIII, DE LA CHASSE ET JE DÉSIRE QU'ON M'HONORE, SIII!

Ravis pour lui, les soldats nagas applaudirent Nagilis avec force et éclat avant que l'un d'eux ne se précipite vers Karmakas.

– Va dire au peuple que son Grand Chasseur est, siii, est arrivé! ordonna-t-il d'un ton méprisant à son ancien maître. Allez, ne perds pas de temps, siii, petit golem!

Bouillant de colère, Karmakas ordonna à son tour à l'un de ses gardes de courir annoncer la nouvelle au palais de Serpent XIV. Tel que souhaité, la rumeur se répandit vite dans la cité, et des milliers de nagas se ruèrent hors des murs. Exactement comme l'avaient prévu Béorf et Lolya, en quelques minutes seulement, tous les hommes-serpents avides d'assister à la décapitation publique se retrouvèrent autour du corps du géant. Même le souverain en personne voulut s'y rendre. Il donna l'ordre qu'on prépare le carrosse royal et qu'on l'escorte jusqu'au héros du jour.

Pendant ce temps, Béorf, sous sa forme animale, emprunta le corridor que lui avait indiqué Lolya et se précipita à vive allure dans la cité. En tenant la pierre bleue de Lolya entre ses dents, il parcourut les différentes places de Bhogavati sans toutefois voir son ami.

« Il devrait pourtant se trouver quelque part, pensa-t-il en reprenant son souffle. Mais qu'est-ce qui se passe là-bas ? »

En approchant un peu, Béorf aperçut un cortège qui s'éloignait du palais royal. Ses yeux tombèrent alors par hasard sur la statue d'Amos, bien installée à l'entrée d'un palais.

– Enfin, je te vois, mon ami ! murmura avec joie le béorite, soulagé. Dès que le cortège sera hors de vue, j'irai te retrouver…

Comme il terminait sa phrase, le carrosse de Serpent XIV passa devant la statue et s'éloigna en direction d'une des portes de la ville.

« Voilà ma chance ! »

À toutes jambes, l'ours fonça vers la statue mais, en route, il percuta un garde retardataire de l'escorte du souverain. Le nagas fut renversé et se cogna la tête contre une dalle de marbre. Sans se soucier davantage du soldat, la bête continua sa course et finit par atteindre son objectif. Avec sa gueule, Béorf déposa la pierre bleue dans une des mains d'Amos et reprit sa forme humaine.

Alors qu'il réfléchissait pour trouver un moyen de transporter la statue à l'extérieur de la ville, Béorf reçut un coup d'épée qui lui lacéra le flanc. La lame du soldat nagas qu'il avait bousculé venait de s'abattre sur lui. Le choc fit perdre l'équilibre au gros garçon qui dut mettre un genou par terre pour ne pas tomber. Une quantité impressionnante de sang commença à s'écouler de la plaie et sa respiration devint haletante.

– Je vais te tuer, siii ! souffla l'homme-serpent.

Béorf voulut se défendre, mais il souffrait tant qu'il n'eut même pas la force de se relever. La lame du nagas avait certainement touché un organe important qui commença à se détraquer.

– Fais ta prière, siii! lança le nagas en levant son épée.

Comme il allait achever Béorf, l'homme-serpent sentit la terre se dérober sous son corps de boa. Une flaque de boue se forma soudainement et l'avala presque complètement. Puis la terre durcit en l'emprisonnant dans un bloc solide.

– Mais, siii… mais, siii…, fit le nagas dont seule la tête émergeait du sol.

– Ça t'apprendra à être un peu plus poli! déclara Amos en bondissant de son socle. Seuls les lâches attaquent par-derrière!

– Mais qui… siii, qui êtes-vous donc, siii?

– Je suis Amos Daragon et, dorénavant, je possède tous mes pouvoirs!

18
La deuxième rencontre

À l'extérieur de Bhogavati, les spectateurs scandaient le nom du nouveau héros. Bien installé sur le dos du géant, le nagas, toujours contrôlé par Lolya, tenait Médousa par le cou et agitait son épée dans les airs pour exciter le public. Le peuple attendait son roi avec impatience, car le nouveau jeu, lancé par Serpent XIV, ne pourrait connaître son apothéose sans la présence de son créateur. Le cortège royal arriva enfin et le souverain sortit majestueusement de son carrosse dans un délire d'applaudissements.

« Pauvres crétins, pensa Serpent XIV en affichant un sourire radieux. Il suffit seulement de vous amuser pour susciter votre admiration. Même juste et généreux, s'il n'amuse pas son peuple, un roi est vite remplacé. »

Karmakas, écœuré par les démonstrations d'amour des nagas envers celui qui l'avait humilié, décida pendant ce temps de revenir dans la cité. Le golem n'avait pas envie de faire la fête avec les siens. Il rageait en échafaudant des complots contre son roi et s'imaginait déjà sur le trône.

« Un jour, siii, je prendrai ma revanche sur cet imbécile de Serpent XIV, siii… Si je sais être patient, siii, je pourrai jouir en paix, comme dans le cas d'Amos Daragon, de ma vengeance. D'ailleurs, je devrais aller l'admirer encore une fois pour me détendre un peu… C'est si doux de le voir ainsi… de le… voir… MAIS?! »

Karmakas dut presque se pincer pour y croire! Amos marchait vers lui en soutenant Béorf qui semblait gravement blessé.

– NON! Ce n'est pas possible! CE N'EST PAS POSSIBLE! hurla l'ancien sorcier.

Attiré par le cri, le porteur de masques s'arrêta, leva la tête et aperçut le golem qui se dirigeait vers lui à grands pas.

– Je vais te tuer, Amos Daragon, je vais te tuer! cria de plus belle Karmakas.

– Demeurez à distance! l'avertit Amos.

– C'est Karmakas, lui glissa Béorf à l'oreille. Dépose-moi ici et occupe-toi de lui.

– Le Karmakas que nous avons connu à Bratel-la-Grande? demanda Amos.

– Exactement, répondit Béorf, essoufflé et mal en point. Règle-lui son… son compte et sortons vite… d'ici. Même si tu as fait en

sorte… que mon sang arrête de couler… je…
je me sens défaillir.

– Ce ne sera pas long, mon ami, le rassura
Amos. Je m'occupe de lui et je reviens tout de
suite !

Le golem se posta à quelques pas du
porteur de masques.

– Finalement, je suis content de te retrouver
bien vivant ! fit-il en ricanant. Je vais t'écraser
comme un insecte ! Dis-moi, sais-tu qui je
suis ?

– Béorf vient de m'apprendre que tu es
Karmakas, répliqua Amos. Tu as bien changé
depuis notre dernière rencontre.

– Toi aussi, petite vermine ! Tu es plus
vieux, mais tu ne me parais pas plus menaçant.
C'est grâce à ton amie Lolya que j'ai ce
nouveau corps ! Un corps de limon, un corps
INDESTRUCTIBLE !

– Indestructible ? répéta Amos en feignant
l'étonnement. Oh là là ! je tremble de peur !

– Petit prétentieux, tu vis aujourd'hui ton
dernier jour !

– Je ne pense pas, Karmakas, dit le porteur
de masques en se mettant en position de
combat. Sais-tu ce qui lie ensemble les éléments
de ton corps de golem ?

– Mais bien sûr ! Il s'agit d'une puissante
magie qui fait appel au pouvoir de l'éther,

rétorqua Karmakas en rigolant. J'ai moi-même manipulé la jeune nécromancienne afin qu'elle utilise le bon rituel. Après tout, j'étais magicien dans une autre vie !

– Alors, tu dois savoir que ce qui est assemblé par l'éther peut aussi être désuni par l'éther ?

– Seuls les très grands magiciens peuvent accomplir un tel acte, déclara le golem sur un ton amusé en adoptant également une position d'attaque. Alors, petit parasite encombrant, ta magie aurait-elle dépassé celle du grand Karmakas ?

– C'est bien ce que nous allons voir ! fit Amos d'un air malicieux. Adieu, Karmakas, et ce ne fut pas un plaisir de te revoir.

Le porteur de masques claqua des doigts en ordonnant mentalement à l'éther de quitter le corps du golem. Aussitôt, tous les éléments qui le constituaient tombèrent en poussière. Il y avait maintenant, à l'endroit où s'était tenu l'homme de limon, un tas de sable fin ainsi qu'une grande flaque d'eau.

– Il n'a pas… fait long feu, lança Béorf avec un sourire tordu par la douleur, les deux mains sur sa blessure. Dis-moi, tu as vraiment le masque de l'éther ?

– Grâce au joyau que tu as déposé dans la paume de ma main, répondit Amos en aidant son ami à se remettre sur pied, je possède toutes les pierres de puissance.

— Si les choses… tournent mal pour moi, se réjouit le béorite, j'aurai au moins… vécu jusqu'à ce grand jour !

— Garde tes forces pour marcher ! le gronda son ami. Tu passeras à travers cette épreuve comme tu es passé au travers des autres. En attendant, déguerpissons d'ici ! Dès que nous serons loin, je vais envoyer une sphère de communication à Maelström afin qu'il nous localise. Je demanderai aussi à Flag de venir nous chercher en ballon. Nous serons bientôt chez nous, tu verras…

— Upsgran me… manque, murmura Béorf, de plus en plus faible. J'ai très hâte de… de manger… des… des…

— Tu ne dois pas dormir, Béorf ! cria Amos pour le secouer un peu. Reste avec moi ! Dis-moi, Lolya est dans les parages ? Je crois que nous aurons bien besoin d'elle pour t'aider !

— Oui…, fit le gros garçon qui avait de la peine à avancer. Elle est là-bas… le géant… notre plan est que… toute la population est… là… là-bas…

— Raconte-moi tout, ça t'empêchera de dormir ! Je t'écoute…

Pendant ce temps, à côté du géant où Serpent XIV venait de terminer un très long discours sur ses principales qualités de souverain et son amour inconditionnel pour le peuple, on allait bientôt assister à la décapitation publique de Médousa. Prenant à son tour la parole, le chasseur nagas répéta mot pour mot la harangue de vainqueur que lui dictait Lolya, cachée derrière lui. Puis il invita le peuple à s'approcher davantage afin de bien entendre le son de sa lame lorsqu'il trancherait le cou de sa proie.

Ce qui se passa ensuite n'avait pas été prévu dans le plan de Béorf et de Lolya. L'estomac du géant, qui pendant des jours n'avait pas digéré la moindre nourriture, se trouva surchargé après le festin de rats et de souris de la veille. Les deux bouches avaient goulûment avalé beaucoup trop de rongeurs sans les avoir au préalable mastiqués convenablement. Même chez les géants, l'appareil digestif fonctionnait comme une machine complexe qui pouvait à l'occasion se rebeller. Ce sont donc de violentes douleurs abdominales qui saisirent Borth et Tywyn et ils eurent rapidement le cœur au bord des lèvres. Toute cette viande de rat crue, ces pelages à moitié mâchés et ces souris gobées tout rond gargouillaient dans leur gros ventre comme la lave d'un volcan prêt à exploser.

– Je crois que le géant ne va pas bien, murmura Médousa à Lolya. Il a des spasmes et, s'il bouge encore, les nagas vont bien s'apercevoir qu'il n'est pas réellement mort.

– Oui, j'ai remarqué, mais je ne sais pas quoi faire, lui répondit tout aussi discrètement la nécromancienne.

– Le peuple attend, dépêchons-nous, Lolya…

– Selon le plan, nous devions étirer le temps avant l'exécution le plus possible pour donner une meilleure chance à Béorf, mais là… ce ne sera pas possible.

Comme l'avait prévu Médousa, les spasmes du colosse eurent pour effet de lancer une rumeur dans la foule. Les spectateurs, qui s'étaient d'abord avancés, reculèrent de quelques pas.

– Siii je ne m'abuse, il se passe quelque chose d'anormal iciii ! marmonna Serpent XIV.

Une première bonne convulsion secoua le gigantesque corps de Borth et de Tywyn. La foule poussa une exclamation d'étonnement.

– Ne craignez rien ! dit le nagas contrôlé par Lolya. Ce n'est que le résultat du poison que je lui ai administré.

– TUEZ LA SIII JOLIE GORGONE MAINTENANT ! ordonna le souverain.

Une deuxième secousse ébranla le géant, ce qui fit perdre l'équilibre à Médousa.

– Dégageons! s'écria Lolya. Il n'y a plus de temps à perdre!

Le nagas et les deux filles eurent à peine le temps de s'éloigner du géant que celui-ci régurgita une rivière de vomi sur les spectateurs. Les grandes bouches de Borth et de Tywyn se vidèrent sur l'assistance au complet, mais le plus gros fut envoyé en plein sur la tête de Serpent XIV.

La puanteur et la vue de ces résidus de rats à moitié digérés et de cadavres de souris gluantes déclenchèrent des vomissements à répétition dans la foule. Le sol en était couvert et tous les nagas patinaient dans cette substance visqueuse et infecte. Comme si ce n'était pas encore assez, Borth et Tywyn récidivèrent avec un deuxième service qui finit par faire flancher les estomacs les plus résistants.

En colère, Serpent XIV hurla à sa garde personnelle de tuer sur-le-champ le géant, mais aucun de ses soldats n'était en position de livrer bataille. Chacun dégobillait en essayant de fuir les lieux. Des centaines de souris blanches, qui avaient eu la chance d'être avalées vivantes et de résister à leur passage dans les sucs gastriques, cherchaient elles aussi un moyen de se sortir de là.

Le monarque, dans tous ses états, leva alors les yeux sur Borth et Tywyn en les menaçant d'un grand kriss à la lame empoisonnée. Le géant voulut faire un pas en arrière pour s'en protéger, mais glissa dans la vomissure et perdit l'équilibre. Les mains devant lui pour amortir sa chute, il tomba sur le sol. C'est avec horreur que Serpent XIV vit la paume de la main du géant s'abattre sur lui et il n'eut que le temps de pousser un dernier juron avant d'être écrasé comme une crêpe. C'est ainsi que mourut le grand monarque de Bhogavati : aplati dans une marée de vomi.

Lolya et Médousa avaient observé toute la scène d'un peu plus loin, en sécurité derrière le géant. La gorgone, toujours sans lurinettes, avait bien pris soin de s'enrouler autour de la tête une bande de tissu de la robe de Lolya afin de voiler son regard. Ce chapeau bizarre ne lui permettait de voir que par une mince ouverture.

– C'est vraiment écœurant ! s'exclama-t-elle, la mine déconfite.

– Je n'avais pas imaginé que notre petite mise en scène allait se terminer ainsi ! répondit Lolya. Tu crois que Béorf a pu retrouver la statue d'Amos ?

– Nous lui avons donné beaucoup de temps avec cette mise en scène, je suis presque certaine qu'il l'aura retrouvée !

– Alors, allons tout de suite au point de rendez-vous et nous verrons bien.

– D'accord, mais avant, peut-être pourrais-tu nous débarrasser de celui-là? lança Médousa en pointant le doigt vers le nagas.

– Tu crois que nous n'aurons plus besoin de lui?

– Je crois bien que non, et si Béorf n'a pas réussi à récupérer Amos, il nous faudra trouver une autre stratégie pour le faire. Nous aurons sûrement besoin de discrétion et ce nagas-ci ne peut maintenant passer inaperçu.

– Tu as raison, je nous en débarrasse, dit la jeune Noire en se tournant vers l'homme-serpent. Écoute bien ceci, serviteur.

– Siii…, fit le nagas.

– Tu vas rentrer chez toi, à Bhogavati. Tu te mettras ensuite au lit où tu dormiras à poings fermés pendant deux jours complets. À ton réveil, tu ne te souviendras de rien… Tu oublieras toute cette aventure!

– Siii, répéta la créature avant de filer vers la cité.

– Eh bien, lança une voix que les filles connaissaient bien, je ne savais pas que tu avais un tel pouvoir sur les hommes!

Lolya et Médousa se retournèrent et virent Amos! Il soutenait avec difficulté Béorf couvert de sang.

– Amos! s'exclamèrent-elles dans un élan de joie.

– Mais qu'est-ce qui lui est arrivé? ajouta la jeune Noire en accourant vers eux.

– BÉORF! s'écria Médousa en se précipitant aussi au-devant de lui. Vite! Il est blessé! Il est blessé!

– La balle est maintenant dans ton camp, Lolya! dit Amos. Il faut que tu fasses quelque chose, sinon…

– Je m'en occupe!

19
La blessure

Dès leur retour au camp, Lolya examina la blessure de Béorf pendant que, sous les doux encouragements de Médousa, il luttait, faible et fiévreux, pour sa survie.

– Tu es le meilleur, Béorf, lui glissa la gorgone à l'oreille. Ne te laisse pas aller, nous ne voulons pas te perdre… continue à lutter, Béorf!

– Sa plaie est empoisonnée, confia Lolya à Amos qui s'était proposé pour l'assister. Je dois absolument purifier son sang!

– Nous pouvons peut-être répéter l'expérience de Flag, proposa le garçon. Tu te souviens? Lorsque nous étions dans la flagolfière au-dessus de la jungle des manticores et que nous lui avons donné de notre sang?

– Non, fit Lolya. Il est trop faible pour subir un tel choc! Par contre, j'ai ceci contre le poison…

La jeune Noire saisit un pot qui contenait de la viande en putréfaction et des dizaines de petits asticots blancs. Depuis l'empoisonnement de Flag, elle s'était juré de toujours garder avec elle ces précieux petits vers blancs. Lolya savait que ces créatures pouvaient en un rien de temps nettoyer des blessures et assainir le sang corrompu.

– Je vais les appliquer sur la plaie de Béorf, expliqua-t-elle en préparant une boue aux herbes médicinales. Ils vont grignoter les tissus morts et sécréter des substances capables d'éliminer le poison. Je crois bien pouvoir le sauver !

– Et ce pot-ci ? demanda Amos en montrant un contenant transparent, rempli de liquide marron. Tu comptes aussi t'en servir ?

– Oui, répondit son amie, tout affairée. Ce sont de grosses sangsues ! Étends-en quelques-unes sur le corps de Béorf.

– Tout de suite, obéit Amos, quand même dégoûté. Tu penses que ces bestioles pourront l'aider ?

– Sans nul doute ! Les sangsues vont commencer le travail des asticots en absorbant le poison qui se répand dans son corps. Elles vont se sacrifier pour Béorf et tomber d'elles-mêmes une fois qu'elles se seront gorgées de sang corrompu.

– Très bien… Je les place où ?

– Sur ses jambes, lui indiqua Lolya. Il ne risque pas de les voir et d'en être incommodé.

Amos, as-tu envoyé une sphère de communication à Maelström et à Flag?

– Oui, ne t'inquiète pas, dit-il en saisissant les sangsues avec de longues pinces d'acier. Je leur ai demandé de faire décoller immédiatement une flagolfière qui pourra nous ramener à Upsgran. Maelström devrait d'abord nous localiser et guider ensuite le ballon vers nous.

– Très bien, approuva la nécromancienne en se préparant à étendre son médicament sur la plaie du béorite. Béorf guérira plus vite s'il est confortablement installé dans son lit à Upsgran. Nous pourrons aussi le veiller plus facilement...

– Tu crois qu'il va s'en sortir? s'inquiéta Médousa.

– Je n'ai aucun doute là-dessus, la réconforta Lolya. Les hommes-ours ont par nature une résistance exceptionnelle aux blessures, à la souffrance et aux poisons. Il passera au travers de cette épreuve.

– Tant mieux, soupira Médousa, soulagée. J'ai des plans pour notre avenir et j'y tiens plus que tout.

Lolya termina d'appliquer son traitement aux asticots, puis pansa la plaie de son malade.

– Voilà! lança-t-elle avec contentement. Nous devons maintenant attendre que la mixture fasse son travail. Dans quelques heures, je recommencerai le tout mais, en attendant, Béorf doit se reposer.

– Je veille sur lui, répondit spontanément Médousa. Je reste à son chevet…

– Comme vous ne semblez plus avoir besoin de moi pour l'instant, dit Amos, toujours écœuré par les sangsues, je vais grimper sur la montagne pour y faire un feu. Ainsi, Maelström pourra facilement nous repérer.

– Si tu veux, je t'accompagne, proposa Lolya, toute joyeuse.

– Avec plaisir! Allons-y…

L'ascension fut aisée, car les nombreuses montagnes de la région n'étaient pas très hautes. Il s'agissait davantage de bonnes collines que de hauts sommets. Pour celui qui avait vu les environs luxuriants de la cité de Pégase, l'Hyperborée ressemblait plutôt à des dunes de cailloux.

– Maintenant que nous y sommes, fit Lolya, un peu essoufflée, comment comptes-tu t'y prendre pour alimenter ton feu? Il n'y a pas de bois dans les environs.

– C'est facile, j'ai maintenant le pouvoir de faire du feu sans combustible! annonça fièrement Amos. Regarde!

Une gigantesque flamme jaillit soudainement du sol comme un geyser en éruption.

– Ce qui brûle comme du gaz, expliqua-t-il, c'est de l'éther.

– Waouh! s'exclama Lolya. Ainsi, tu as tous tes pouvoirs?

– Oui, confirma Amos. Alors que j'étais de pierre, Mékus Grumson est venu à ma rencontre et ensemble nous sommes allés chercher le masque de l'éther. Durant ce voyage, j'ai appris énormément sur moi, mais aussi beaucoup sur l'objectif final de ma mission de porteur de masques.

– Comme tu deviens sérieux, Amos, quand tu parles de ta quête! lui fit remarquer Lolya. Es-tu inquiet pour l'avenir? Veux-tu m'en parler? J'aimerais tant t'aider.

– Si tu veux, nous en reparlerons plus tard. Pour l'instant, je suis encore sous le choc des révélations de Mékus et je dois…

– Tu dois?…

– Au fait, demanda Amos pour détourner la conversation, serais-tu encore capable de créer des pierres de puissance de la terre?

– Mais oui! s'exclama la jeune fille, heureuse de pouvoir lui rendre service. J'ai tous les ingrédients à Upsgran! Puis-je te demander pourquoi?

– Ça aussi, je devrai te l'expliquer plus tard…

– Comme tu veux…

– Il m'en faudrait trois, de ces pierres.

– Alors dès que nous arriverons chez nous, pour toi, je me ferai un plaisir de m'enfermer quelques jours dans mon laboratoire.

– Tu es vraiment gentille, Lolya. Merci beaucoup.

Un court silence se glissa entre les deux adolescents. Follement amoureuse, Lolya se décida à prendre le taureau par les cornes et à s'ouvrir à Amos. L'ambiguïté de leur relation ne pouvait plus durer.

– Amos? dit-elle en prenant son courage à deux mains.

– Oui, Lolya?

– Je t'aime! laissa-t-elle tomber en se libérant d'un immense poids. Je t'aime depuis la première fois où j'ai croisé ton regard à Berrion. Tu m'obsèdes tellement que j'ai même quitté ma charge de reine des Dogons parce que je ne pouvais pas imaginer vivre sans toi. Tu dois savoir que je t'accompagne depuis ce jour en espérant, peut-être, te séduire.

– Lolya… je dois te…

– Laisse-moi finir, s'il te plaît! Cela fait des années que je retiens tout à l'intérieur de moi, il faut que je l'exprime! Quand j'ai su qu'Aélig était devenue ton amie de cœur, j'ai eu envie de disparaître tellement je me suis sentie humiliée. J'aurais voulu la déplumer comme un poulet et la faire griller à la broche! En réalité, je ne souhaitais pas vraiment sa mort et je suis désolée de ce qui lui est arrivé, mais, entre nous, sa disparition ne me chagrine pas du tout. Au risque d'être méchante, j'ai même pensé: «Bon débarras!» Ce n'était pas une fille pour toi, car je suis, et, ça, je le sais depuis notre première rencontre, la copine qu'il te faut!

– Je te comprends, Lolya, mais…

– Je n'ai pas terminé, répliqua-t-elle en reprenant sa respiration. Par deux fois, nous avons eu de très beaux moments d'intimité et les circonstances les ont lamentablement gâchés. J'étais en train de me liquéfier lorsque nous avons failli nous embrasser sur la plage d'Upsgran et, bien que ma déclaration d'amour ne soit pas très romantique, je dois t'avouer que je rêve secrètement à ce baiser depuis fort longtemps!

– Si tu voulais me…

– CHUT! Il y a aussi ces rêves que je fais souvent et dans lesquels tu m'apparais. Je ne sais pas si c'est vraiment l'avenir que je vois ou si je me crée de petits scénarios pour m'aider à tenir le coup, mais j'ai parfois la certitude que nous aurons une famille nombreuse qui vivra heureuse dans un monde de paix et d'harmonie.

– Lolya…

– J'ai presque fini! Quand tu es loin de moi, j'ai d'horribles crampes et j'ai du mal à dormir la nuit. Depuis que tu m'as laissé entendre que tu m'aimais, au moment où j'allais emprunter le passage des fées sur l'île du grand lac Ixion, mon cœur s'emballe chaque fois que tu t'approches de moi! Ton moindre regard me trouble et la plus petite gentillesse de ta part me met dans tous mes états. J'ai un torrent d'amour pour toi qui me traverse l'âme et j'aimerais tant devenir l'élue de ton cœur. Je sais qu'il y a d'autres filles à Upsgran ou à Berrion qui te font du charme et que, si tu veux une petite amie, tu n'auras qu'à claquer des doigts pour que l'une ou l'autre te tombe dans les bras. Je sais aussi que je ne suis peut-être pas la plus belle ni la plus facile à vivre, mais j'ai la conviction que tu ne trouveras JAMAIS une amie de cœur qui t'aimera autant que moi! OUF! Voilà! Je crois bien que j'ai fini…

Lolya se sentit totalement libérée de ce lourd secret qui l'oppressait. Le masque était tombé et il ne restait plus qu'à attendre le verdict d'Amos.

– Euh…, bredouilla-t-il, ce n'est pas vraiment le moment de… Je ne veux pas te faire de peine, car je t'estime beaucoup, mais…

– Très bien, dit Lolya en lui tournant le dos, j'ai compris…

– Non, tu ne comprends pas, Lolya… Je suis moi-même en période de réflexion…

– Va-t'en, Amos! lança-t-elle en retenant ses larmes. J'ai besoin d'être seule… Je n'ai pas envie de me ridiculiser une seconde fois…

– Tu ne t'es pas ridiculisée, Lolya, tu…

– TAIS-TOI ET VA-T'EN, S'IL TE PLAÎT!

– Très bien, soupira Amos qui ne pouvait rien ajouter de plus. Je serai au chevet de Béorf…

– C'est ça, je te rejoindrai plus tard…

Ravagée par le rejet de celui qu'elle aimait, Lolya perdit toute contenance et tomba à genoux en pleurant. Elle qui s'attendait à ce qu'Amos lui ouvre les bras en lui offrant ce fameux premier baiser qu'elle attendait tant, voilà qu'elle se retrouvait humiliée et blessée.

– Ils sont comme ça, les garçons, ma pauvre amie, commenta la dague de Baal. Pour eux, ce qui compte, c'est la chasse! Tu étais une cible trop facile, Lolya… un défi déjà relevé, quoi!

Les paroles d'Aylol ne firent que décupler les larmes de Lolya et elle se tordit de douleur. Même si elle se refusait à croire les médisances de la dague, ses propos avaient tout de même un certain sens. La jeune fille les avait entendus et, à présent, elle se sentait comme une moins que rien. Une blessure aussi vive que celle de

Béorf s'était infiltrée dans son âme et la brûlait comme un fer rouge. À la différence de son ami le béorite, elle savait que la sienne allait prendre des années à se refermer et ne guérirait jamais tout à fait.

– Ce sera dur, mais il te faudra l'oublier! continua Aylol d'un ton suffisant. Ce n'est pas un garçon pour toi... il est trop aventureux, trop impétueux pour être fiable et constant. De plus, comme tu le lui as si justement fait remarquer, il plaît beaucoup aux filles et, sans vouloir trop m'avancer, je crois même que Médousa a un peu le béguin pour lui! Tu n'as jamais remarqué la façon qu'elle a de le complimenter?

Lolya n'avait pas la moindre envie de répondre aux méchancetés de sa dague et se contenta plutôt de hausser les épaules en pleurant son désespoir et sa honte.

– Je te donne un conseil, conclut la dague, tu en feras ce que tu veux! Retourne chez toi, chez les Dogons, et reprends la place qui t'est due... La reine, c'est toi! Je suis certaine que ta jeune sœur se fera un plaisir de te rendre le trône. Sinon nous travaillerons ensemble pour l'en convaincre! C'est tout ce qu'il te reste, ma belle Lolya... Tu as perdu ton amour et ta dignité, mais pas ton avenir. Va reconquérir un peu de noblesse auprès de tes semblables...

20
Ce qu'il reste de nous...

Comme l'avait prévu Amos, Maelström les repéra rapidement et, du haut des airs, il poussa la flagolfière jusqu'au campement. Le dragon étant apeuré par la présence de Borth et de Tywyn, Amos dut lui expliquer leur nature pacifique.

Pour le voyage, on installa confortablement Béorf au fond de la nacelle et, bien que son état de santé se fût stabilisé, rien n'indiquait une guérison prochaine. Lolya s'était bien occupée de lui, mais le sort de son ami n'était plus entre ses mains.

Après moult salutations de la part de Borth et de Tywyn, le ballon s'éleva en direction d'Upsgran. L'ambiance d'ordinaire joyeuse des voyages en flagolfière avait perdu toute sa légèreté pour faire place à une lourdeur oppressante. Le froid entre Lolya et Amos était palpable et jetait sur l'équipe une désagréable tension. Chaque fois qu'Amos essayait d'être gentil avec elle, elle le rabrouait comme le pire des vauriens, si bien qu'il décida de ne plus lui adresser la parole. Médousa, extrêmement préoccupée par la santé de Béorf, était aussi à prendre avec des pincettes et jugeait, dans les circonstances, l'attitude de ses amis immature et infantile. Devant autant d'hostilité, Maelström, qui supportait mal la dispute entre les membres de sa famille, quitta bien vite les environs du ballon pour retourner à Upsgran et informer les habitants de l'état de leur chef. Flag demeura seul aux commandes de son engin qu'il dirigea en silence.

Grâce aux pouvoirs d'Amos et à la nouvelle force que lui conférait le masque de l'éther, le voyage de retour se fit beaucoup plus vite qu'à l'aller. Les vents soufflèrent de façon constante et sans provoquer de turbulences. Heureusement, car une journée de plus dans cet espace restreint aurait pu causer des torts irréparables à l'amitié qui unissait l'équipage.

Dès qu'elle posa le pied à terre, Lolya s'assura du suivi des traitements de Béorf, puis elle disparut dans son laboratoire en claquant la porte. Elle en ressortit deux jours plus tard pour apporter à Amos les trois pierres de puissance qu'il lui avait demandées.

– Voilà tes pierres! dit-elle sèchement en lui présentant un petit sac de cuir.

– Je peux te parler, Lolya? demanda doucement Amos. Je crois que nous devons…

– Je n'ai plus rien à te dire, répondit-elle en retenant sa colère. Tout est ma faute! C'est moi qui me suis imaginé des choses qui n'existaient pas!

– Lolya, je vais partir et je veux que tu saches que si je n'ai pas…

– Je ne veux rien entendre, Amos! Je ne veux pas de promesses, pas de discours et pas d'explications. J'ai encore trop mal pour endurer de faux espoirs! Si un jour tes obligations de porteur de masques prennent fin, et si je suis encore disponible et que j'en ai encore envie, peut-être redeviendrons-nous des amis. Pour l'instant, oublie-moi…

– Bien.

– Dès que Béorf ira mieux, continua Lolya, je partirai aussi. J'ai pris la décision de rentrer chez moi, chez les Dogons. Je n'ai plus rien à faire ici… Adieu et bonne chance avec la suite de ta mission!

Lolya tourna les talons et s'éloigna en pleurant celui qu'elle aimait encore. Amos demeura seul, bouleversé et triste, son sac de pierres entre les mains.

Maelström, qui avait vu la scène d'un peu plus loin, s'approcha d'Amos et glissa sa grosse tête sous son bras.

– Tu es triste, grand frère? demanda-t-il doucement.

– J'ai de la peine, petit frère, beaucoup de peine, répondit Amos en retenant ses larmes.

– Tu veux que nous fassions une balade dans les airs pour te consoler?

– J'aimerais faire une très longue excursion avec toi, Maelström, dit-il en caressant la joue de son dragon. Si tu veux, demain nous partirons ensemble, mais cela doit demeurer un secret.

– D'accord, je veux bien, répondit la bête. Où irons-nous?

– Très loin, Maelström… Très, très loin…

– Mais très loin où?

– Sur un autre continent, petit frère! Sur un autre continent…

Lexique mythologique

LES CRÉATURES FANTASTIQUES

Kannerezed-noz : Ces blanchisseuses de la nuit font partie du folklore de la Bretagne, mais elles sont aussi connues partout dans les pays celtiques. On les voit souvent dans les lavoirs, au bord des cours d'eau ou près des ponts où elles lavent les linceuls dégoulinant de sang de ceux qui doivent bientôt mourir. Leur origine remonte aux manifestations de la déesse Badhbh de la mythologie irlandaise, qui présageaient la mort des guerriers au combat.

Nagas : Les nagas sont des hommanimaux capables de se métamorphoser en serpents. Les hommes-serpents qui habitent le désert sont des lamies, alors que les nagas sont davantage liés aux milieux aquatiques. Les deux espèces peuvent atteindre une longueur de 4,60 m sous leur forme reptilienne et vivent près de quatre cents ans. On les trouve dans le Sahara, en Inde et en Asie du Sud.

Géant : Bien que le géant existe dans plusieurs mythologies du monde, son origine remonterait aux grandes histoires des Grecs anciens. En ce temps, c'était un monstre d'une taille énorme et d'un aspect effroyable qui s'amusait à attaquer les habitants de l'Olympe. Fils de Gaïa, la Terre, et fécondé par le sang d'Ouranos que Cronos venait de mutiler, le personnage du géant a pris, au fil du temps, une place prépondérante dans les contes et les légendes de beaucoup de peuples.